KB078320

FUSION FANTASTIC STORY
고고33 장편소설

세무사
차현호

세무사 차현호 4

고고33 장편소설

초판 1쇄 찍은 날 § 2016년 3월 25일
초판 1쇄 펴낸 날 § 2016년 4월 1일

지은이 § 고고33
펴낸이 § 서경석

편집책임 § 이지연

펴낸곳 § 도서출판 청어람
등록번호 § 제387-1999-000006호
등록일자 § 1999. 5. 31
어람번호 § 제1-2388호

주소 § 경기도 부천시 원미구 부일로 483번길 40 서경B/D 3F (우) 14640
전화 § 032-656-4452 팩스 § 032-656-4453
http://www.chungeoram.com
E-mail § chungeorambook@daum.net

ⓒ 고고33, 2016

ISBN 979-11-04-90717-3 04810
ISBN 979-11-04-90613-8 (세트)

FUSION FANTASTIC STORY

고고33 장편소설

세무사

차현호

4

세무사

차현호

목차

21장

춘야희우(春夜喜雨)

"할머니, 김밥 두 줄이요."

"공무원 총각 왔어? 여기."

낡은 회색 점퍼와 색이 바랜 목도리로 중무장한 할머니가 은박지에 감싼 김밥을 검은 봉지에 담았다.

현호는 서둘러 주머니에서 천 원짜리 한 장을 꺼내 그녀의 주름진 손이 건넨 봉지와 맞바꿨다.

"추운데 건강 조심하세요."

하얀 입김과 함께 작별 인사를 건네고 현호가 향한 곳은 그의 직장인 강남세무서였다.

"안녕하십니까."

사무실에 들어선 현호가 큰 목소리로 아침 인사를 건넸지만 아무도 돌아보지 않았다.

　법인세 1계는 3팀으로 나눠져 있는데, 각 팀에 다섯 명씩 총 열다섯 명이 정원이다.

　현호는 자리에 앉으며 텅 빈 책상 하나를 눈에 담았다. 그가 속한 3팀의 계장인 마영환 조사관의 책상이었다.

　평소라면 그의 아침 인사를 받아줬을 유일한 사람이지만 마영환 조사관은 며칠 전 요로결석으로 병원에 입원한 상태였다.

　'후…….'

　현호는 바닥에 서류 가방을 내려놓고 김밥이 든 봉지를 책상 서랍에 밀어 넣어 놨다.

　평소처럼 그는 오늘도 아침 출근길의 김밥 할머니를 그냥 지나치지 않았다. 영하의 추운 날씨에도 김밥을 파는 그 모습을 보면 자연스럽게 발걸음이 멈췄다.

　딱히 동정은 아니라고 생각하지만 확신할 수는 없었다.

　어쩌면 현실에 찌들었던 인성이 다시 성장하는 과정을 거치면서 조금 인간적으로 변했는지도 모르겠다.

　하지만 확실한 것은 현호의 생각과 행동에는 이제 완연하게 여유가 자리 잡고 있다는 점이었다.

　"에이, 오늘 회식이라는데요?"

　"또?"

현호는 직원들의 대화를 본의 아니게 엿듣고는 새로운 세무서장을 떠올렸다.

새로 부임한 서장은 직원들 사이에 빠르게 녹아들고 있었다. 물론 상관에게 반기를 들 만큼 어리석은 직원도 없었다.

반면 현호는 계속해서 낯선 이방인 역할을 해야 했다.

법인세과에 온 지도 일주일이 지났지만 일거리를 받기는커녕 그에게 말을 걸어오는 이도 마영환 조사관 말고는 없었다. 심지어 법인세과를 총괄하는 팀장도 현호를 피했다.

하지만 딱히 불편한 것은 없었다.

오히려 자유 시간이 늘어났다고 생각하며 오랜만에 맘 편하게 시간을 보내고 있는 중이었다. 올 겨울은 이렇게 보내도 나쁘진 않을 것 같았다.

따르릉.

담배나 한 대 태우려고 일어서던 현호는 정적을 깨는 전화벨 소리에 책상을 내려다봤다. 투박하고 낡은 검정색의 전화기가 요란하게 울리고 있었다.

"법인세과 차현호 조사관입니다."

—자네 출근했나? 서장실로 잠깐 올라오게.

무슨 일일까.

현호는 눈을 찌푸리며 담배와 라이터를 챙겼다.

사람들이 그를 쳐다봤지만 어디에 간다고 보고할 필요는 없었다.

보고를 해도, 보고를 안 해도 뒷말이 무성하게 오갈 게 분명했기 때문이다. 그들에게 현호는 동료가 아니었고, 현호 역시 그런 기대는 하지도 않았다.

'둥글게 지내볼까 했더니만.'

사무실을 빠져나가는 현호를 향한 시선들이 무척 쌀쌀맞게 느껴졌다.

사실 그들 입장에서야 당연하다고 볼 수 있었다.

차현호라는 어린 녀석이 이도필 전 세무서장뿐 아니라 강남세무서를 쑥대밭으로 만들어놓은 상황에서 '앞으로 잘 좀 부탁드립니다' 하고 법인세과에 들어왔는데 좋을 리가 없을 것이다.

설사 비리 라인이 아니었다 해도 업체에 밥 한 끼 얻어먹지 않은 이가 어디 있을까.

그러니 그들로서도 이래저래 현호를 불편하게 여길 수밖에 없었다.

그럼에도 불구하고 현호는 서울청의 스카우트 제안을 뿌리쳤다. 그곳으로 갔다면 한결 편했겠지만 그 같은 선택을 했다.

이는 서울청이 가진 한계가 주된 이유였지만 실상은 자신의 포지션을 재확인하기 위함이 더 컸다.

'일이 너무 커졌어.'

애초 현호의 계획은 강남세무서에 적(籍)을 두고 찬대미의 성장을 지켜보며 박거성이라는 패를 제 것으로 만들 생각이었다. 그래서 일단은 강남세무서를 손에 쥐고 주무를 필요가 있다고 판단했다.

현호의 나이는 이제 스물.

또한 찬대미 회원 대부분이 현재까지 학생 신분이다.

물론 그들의 부모들이야 사회의 한 축을 확고히 담당하고 있지만 찬대미가 본격적으로 활동하기에는 무리가 있었다.

창원세무서의 일로 김구운의 사촌 형의 힘을 빌린 것도, 민철식의 도움으로 박한원 한누리당 당 대표를 만난 것도, 윤태영의 아버지 윤선기 검사가 움직인 것도, 분명하게 말하자면 현호가 그들에게 나설 기회를 준 것이지 직접적으로 그들의 움직임을 만든 것은 아니었다.

이래서는 어린 시절과 하등 다를 바가 없었다.

똑똑.

생각을 뒤로하고 현호는 문을 두드려 서장실로 들어갔다.

"어, 왔나?"

"예."

"인사드리게. 여기 이분은 말이야……."

현호는 서장의 오른편 소파에 앉아 있는 남자를 보고 눈을 찌푸렸다.

'훗.'

입 밖으로 튀어나오려는 웃음을 가까스로 삼켜야 했다. 그는 장충도였다.

장충도가 세무 공무원이 된 지도 올해로 6년 차.

그는 신입 시절, 교육계 스캔들로까지 번진 문구점 사건을 해결한 주역이기도 했다. 그로 인해 특무과의 존치라는 공을 세웠고, 그 공을 인정받아 이례적으로 신입으로서 특무과에 배속되는 행운을 누렸다.

그 특무과가 지금은 특무부로서 맹활약을 떨치고 있으니 장충도의 위치도 그때와는 확연히 달라져 있었다.

"특무부 장충도 조사관입니다."

"법인세과 차현호입니다."

공적인 자리이니 서로가 예를 갖춰 악수를 나눴다.

서로의 얼굴만 봐도 웃음이 나오는 두 사람이었지만, 지금만큼은 누구도 입꼬리를 올리지 않았다. 서장 역시도 둘의 관계를 모르는지 별다른 말이 없었다.

"잘생기셨네요."

장충도가 시침을 뚝 떼고 현호를 바라보며 말했다. 입가에는 옅은 미소가 어려 있지만 예전처럼 팔푼이 같은 모습은 보이지 않았다. 물론 현호 역시도 적당히 장단을 맞췄다.

"근데 서장님, 절 왜 부르셨는지······."

현호가 말꼬리를 흐리며 묻자 서장이 미소와 함께 장충도를 바라봤다. 그러자 장충도는 준비가 됐다는 듯이 고개를 끄덕이고 그를 부른 이유를 얘기했다.

"특무부에 결원이 생겼습니다."

"결원이요?"

그 단어 하나에 현호의 머릿속에는 몇 가지 생각이 빠르게 스쳐 갔다.

"그래서 차현호 씨가 후보에 올랐습니다."

"후보요?"

현호는 순간 눈을 찌푸렸다.

'후보라니… 후보라고?'

장충도의 시선은 사뭇 진지해 보였지만 현호는 이해할 수가 없었다. 곧이어 장충도가 서장에게 양해를 구하고 자리에서 일어났다.

"서장님, 그럼 실례하겠습니다."

현호는 그 뒤를 따라 서장실을 빠져나왔다. 복도로 나오자마자 장충도를 향해 대뜸 물었다.

"후보라고?"

박한원 의원과 윤선기 검사를 이용해 월연을 마무리한 거야 분명 세무적인 일은 아니었다. 그렇지만 어찌 됐든 현호는 강남세무서의 비리 라인을 잡았다.

그것만으로도 충분히 특무부에 입성할 자격은 된다고 생각하는데, 그런데 후보라니.

"후보라니까 기분이 나쁘냐?"

서장이 안 보이니 장충도는 바지 주머니에 편히 손을 꽂은 채 세무서 건물을 나서며 물었다.

"별로."

스카우트의 기준이야 여러 가지가 있을 것이다. 납득은 못해도 받아들일 수는 있었다. 그러니 단순히 그것만으로 기분이 나쁠 이유는 없었다.

단지 그런 말을 하려고 장충도가 여기까지 왔어야 하냐다.

"별로? 얼굴은 그게 아닌데?"

피식 웃은 장충도는 주머니에서 담배를 꺼내 물었다. 현호는 그를 바라보던 시선을 들어 하늘을 바라봤다. 구름마저도 단단히 얼어붙은 겨울이었다.

"야, 넌 만나는 여자 없어?"

장충도가 뜬금없이 담배 연기 사이로 물었다.

"여자는 무슨."

"인마, 만날 수 있을 때 만나. 나보다야 못 하지만 너도 괜찮게 생겼잖아?"

"헐."

"푸하하!"

"실없는 소리 그만하고… 왜 온 거야?"

장충도와는 이미 호형호제하는 사이였다. 격식을 차려야 될 만큼 선을 긋는 사이는 아니었다.

현호의 예상대로 장충도는 담배 연기 사이로 속에 감춘 말을 꺼냈다.

"너… 이번 일 위험했다며?"

그는 어느 정도 내막을 듣고 온 듯했다. 하긴 장명준이 그의 큰아버지 아닌가.

"글쎄."

현호는 보도블록 틈 사이에 잔재한 흰 눈을 구두 굽으로 치우며 고개를 가로저었다. 그러자 장충도는 짧은 한숨을 흘리고 다시 말했다.

"큰아버지는 어쩌자고 너한테 그런 일을 시킨 거냐? 인마, 아무리 그래도 하란다고 해? 그 월연인가 뭔가 깡패들이라며?"

"오바하신다. 괜히 또 아버지한테 얘기하지 마."

위험이라는 것은 상대적이다.

이미 죽음의 문턱을 지나온 현호에게는 그다지 위험한 일도, 또 큰일도 아니었다.

그저 가야 할 방향에 있는 관문이었고, 그 관문을 뚫기 위해서 여러 방법 중 하나를 택했을 뿐이다.

다만 장충도와 같은 일반인 입장에서는 이제 막 스무 살 사회 초년생이 그런 일을 했다니까 믿기가 힘든 것이다.

"진짜 그 말 하려고 온 거야?"

현호는 질문과 동시에 멀리 보이는 주차장 내 세무서장 전용 주차 라인을 바라봤다. 이전에는 이도필의 외제 승용차가 있었지만, 이제는 국산 승용차가 주차돼 있었다.

"법인세과는 왜 갔어?"

이어진 장충도의 질문에 현호는 다시 고개를 돌리며 대수롭지 않게 대답했다.

"그냥."

실은 법인세과에서 설렁설렁 지내볼까 했는데, 시시해졌다.

푼돈을 챙기기에 현호의 목표는 좀 더 분명해졌고, 또한 거침이 없어졌다.

그리고 어찌 됐든 강남세무서를 재구축하는 데는 성공한 듯하지만, 그렇다고 세무서에 다시 티끌이 묻지 않을 거라고는 장담할 수 없었다.

'박거성……'

그가 어떤 선택을 했는지 아직은 알 수 없었다.

그 선택 여부에 따라서 현호의 다음 행선지가 결정될 것이다.

"듣고 있냐?"

"응?"

잠시 딴생각을 하던 현호가 고개를 들자 장충도는 콧바람과 함께 얘기를 다시 꺼냈다.

"이번 특무부 인사 후보에 전국 지방 국세청에서 한 명씩 뽑았다."

서울, 부산, 대전, 대구, 광주, 중부.

장충도의 말이 사실이라면 위 여섯 곳에서 한 명씩, 총 여섯 명이라는 얘기다.

"하지만 특별히 너까지 해서 일곱 명이야."

장충도의 이어진 말에 현호는 문득 서울청에서 뽑힌 이가 황주혜는 아닐까 생각했다.

"형, 서울청에서는 누가 뽑혔어? 내가 아는 사람이야?"

"그래."

고개를 끄덕이는 장충도의 모습에 현호는 그럼 그렇지,라고 생각했다. 하지만 문득 또 다른 인물이 떠올라서 미간을 좁히고 장충도를 다시 쳐다봤다.

"설마… 장명준 국장님은 아니지?"

"그 설마가 맞다."

"뭐?"

예상외의 인사(人事).

장명준이 특무부에 가게 될 거라고는 생각지도 못했다.

일선 세무 공무원이 특무부에 가는 것은 보통의 인사이동과는 차이가 존재한다.

같은 국세청 라인이지만 특무부는 국세청장의 승인이 아닌, 재정경제원(훗날 기획재정부) 장관의 승인이 있어야만 한다. 그렇기에 보통의 선으로는 갈 수가 없는 곳이 지금의 특무부였다.

"특무과가 특무부로 새 출범한 뒤로는 기존 국세 라인이 특무부로 발령된 사례가 없었어. 아무래도 지금까지 세무 당국이 취해왔던 포지션과는 차이가 있으니 특무부를 독립적으로 키워 나갈 생각이었거든. 그런데 이번에 서울청 조사4국장인 큰아버지가 특무부 인사에 거론된 거야. 이게 뭘 뜻하는 것 같냐?"

장충도는 자못 심각해 보였다.

그 얘기만 들었을 때는 압력이든 혹은 알력 다툼이든 국세 라인이 시끌벅적할 것이 눈에 훤했다.

"당연하겠지만 큰아버지가 특무부에 오게 된다면 일개 현장 직원은 아닐 거야. 대대적으로 물갈이한다는 의미지."

"그럼 내가 낄 이유가 없잖아?"

이미 장명준이 거론됐다면 다른 후보들은 그저 들러리일 뿐이다. 그런데도 장충도는 현호의 생각은 틀렸다는 듯이 굳은 얼굴을 가로저었다.

"그러니까 너야. 그래서 내가 널 추천했어."

"뭐? 형이?"

"특무부는 이제야 겨우 자리가 잡혔어. 그런데 큰아버지가 오게 되면 충돌이 생길 수밖에 없어. 아무래도 특무부와는 다른 노선을 걸어왔던 분이니까. 분명 큰아버지를 특무부에 넣기 위해 움직인 이들도 그런 생각을 하고 있을 테고."

서로가 국세청이라는 같은 하늘 아래에 있어도 바라보는 시각이 다르면 손을 잡을 수가 없다. 그 순간부터는 적이고, 불편한 동거인일 뿐이다.

'절이 싫으면 중이 나가야지.'

장명준은 결코 그 중이 될 생각은 없는 듯 보였다.

더구나 현호가 이번 일로 인해서 사실상 장명준의 행보에 힘을 실어준 것이나 다름없었다.

'복잡하네.'

그 장명준을 막기 위해서 장충도는 현호를 추천했다. 그가 큰아버지이고 자신을 세무 공무원이 될 수 있게끔 힘써준 사람인데도 그 같은 결정을 내렸다. 그것이 무엇을 뜻하는지 모를 현호가 아니었다.

장충도는 씁쓸한 얼굴로 담뱃재를 털어내며 얘기를 이었다.

"이상하게 생각하는 거 안다. 사실 큰아버지가 내게 함께하자는 제안을 했어. 그렇지만 특무부는 지방청 조사국과는 분명히 다른 노선을 가야 해. 하향 평준화될 필요가 없는 곳이야."

현호는 장충도의 모습에 확신이 서지 않았다. 그의 본심이 어떤지 알 수 없었다. 진심으로 특무부를 생각해서인지, 아니면 자신의 미래를 안배한 끝에 내린 결정인지.

불과 몇 년 전까지만 해도 현호가 본 장충도는 융통성 있게 사는 사람이었다. 세무사들의 인사 정도야 문제될 선이 아니라면 굳이 거부하지 않았다.

그런 장충도가 지금은 전혀 다른 모습을 보이고 있었다.

'철이 들었나……'

사람은 변할 수 있다. 하지만 또 쉽게 변하지 않는 게 사람이다.

"다르게 생각할 수도 있지 않을까요? 예를 들어 장명준 국장님의 오랜 노하우가 특무부에 녹아들 수도 있는 것이고… 그리고 국장님 혼자서 뭘 하실 수 있겠어요?"

현호는 다른 방향으로 생각을 전환해 봤다. 하지만 장충도는 담배를 완전히 꺼버리고 고개를 가로저었다.

"진짜 문제는 큰아버지 뒤에 검경이 있다는 거야."

"검경이요?"

순간이나마 윤선기 검사가 떠올랐지만 현호는 입을 다물고 장충도의 얘기를 계속 들었다.

"경찰이나 검찰이나 특무부를 눈엣가시로 여기고 있어. 지금도 특무부가 가진 권한에 말이 많은데… 여기에 검경에 호의적인 큰아버지가 온다면 검경은 큰아버지에게 꽤 많은 지원을 할 테고, 또 그만큼의 원하는 것을 챙기려 할 거야."

얽히고설킨 게임.

장충도는 이쯤에서 얘기를 멈추고 현호를 바라봤다. 대답을 듣고 싶다는 시선이었다. 그렇지만 현호는 어깨를 한 번 으쓱할 뿐이었다.

"형, 저 이제 스무 살입니다. 이거 저한테 하실 얘기가 아니잖아요."

"장난하냐?"

바람 빠지는 웃음소리를 내며 장충도가 말했다. 그에게 있어 현호는 이미 나이를 따지며 대할 상대가 아니었다. 그동안 현호가 보여 온 행보 하나하나는 그 나이 대가 도저히 할 수가 없는 놀라운 일들이기 때문이었다.

"후……. 그래서 형은 제가 장명준 국장님 대신에 특무부에 들어오기를 바란다, 이 말이네요. 하지만 장명준 국장님이 포함된 것을 보니 저를 포함한 나머지 다섯 명은 들러리고……. 아니에요?"

"그래, 맞다."

장충도는 현호의 정리에 고개를 끄덕였다. 이제야 찾아온 보람이 있는 표정이다.

이미 특무부에 내정된 것이나 다름없는 서울청 조사4국장 장명준. 나머지 인원들은 구색을 맞추기 위한 핑계일 뿐이었다.

그러니 장충도에게 있어 현호는 최후의 보루이자 회심의 일격이었다.

"하… 내키지 않는데."

현호는 강남세무서의 비리 라인을 맡아달라는 장명준의 제안을 수락했었다. 그 뒤로 5개월이나 지나서 비리 라인을 찾아냈고, 윌연을 박살 냈다.

하지만 이번 일은 얘기를 듣는 순간부터 계속 찜찜하다.

'차라리 그냥 직선으로 장명준을 인사이동하면 될 터인데, 왜 이렇게 복잡하게 들러리를 세웠을까……. 특무부 내의 반

발을 고려해서?'

맞을 수도 있고, 틀릴 수도 있다.

답은 항상 두 가지니까.

다만 문제는 현호가 구상한 앞으로의 행보에 특무부는 딱히 고려 대상이 아니었다는 점이다.

그 존재의 위엄은 알겠으나 본디 미래에 특무부는 존재하지 않았었다. 그것은 현호에게 있어 불확실성을 의미했다. 그러니 굳이 불확실한 곳에 발을 들일 필요는 없었다.

"면접이 언제인데요?"

"다음 주다."

"제게 원하는 건요?"

현호는 터놓고 물었다. 장충도의 목적이 뭔지, 그 심정이 어떤지는 중요치 않았다. 일단 고려해 볼 뿐이다.

"면접에서 네가 아니면 안 된다는 강인한 인상을 남겨야겠지."

"강인한 인상이요?"

너무도 추상적인 바람이다.

"그래."

"면접은 어떤 방식으로 진행되는데요?"

"나도 그것까지는 자세히 알지 못해. 재정경제원 고위 간부가 직접 내려와서 평가한다는 얘기가 있기는 한데."

"평가라……."

현호는 눈을 찌푸렸다. 미간을 좁히고 지금 순간에 집중했다.

2단계를 거쳐 3단계에 이르자 현호와 장충도의 주변 공간에 미세한 진동이 일었다.

'뭐가 튕겨 나갈까.'

장충도에게는 어떤 부조화가 보일까.

여태 얘기한 것과 달리 또 다른 생각을 품고 있는 걸까.

말투, 행동, 눈빛, 표정.

현호의 주위에 퍼졌던 미세한 진동들이 수축하기 시작했다. 그것들은 이내 장충도의 머리부터 발끝까지 감싸고는 삽시간에 사라졌다.

이상한 점은 보이지 않았다. 그 말은 아직까지 장충도를 믿을 수 있다는 얘기이기도 했다.

"다시 연락하마."

현호는 차를 끌고 세무서를 빠져나가는 장충도를 배웅했다. 멀어져 가는 차량 꽁무니를 잠시 바라보다가 뒤돌았다.

'특무부라.'

장충도의 부탁이 신경 쓰이지만 거기에 올인할 생각은 들지 않는다.

"응?"

세무서에 다시 들어가려는데, 차 한 대가 들어와 입구에서 멈췄다. 운전석에서 내린 남자를 본 현호가 이마를 찌푸렸다.

지난번 박거성을 찾아갔을 때 마주쳤던 남자다.

"차현호 조사관님."

"누구시죠?"

"안녕하십니까, 송만호라고 합니다."

*　　　　*　　　　*

송만호의 차가 멈춘 곳은 세무서 인근의 식당이었다.

식당 안에는 박거성과 함께 낯선 남자가 앉아 있었다. 남자는 은테 안경을 쓰고 있었고, 머리가 반쯤 벗겨져 있었다.

방에 들어간 현호가 맞은편에 앉자 곧바로 박거성의 질문이 이어졌다.

"그래, 내 전 재산을 가지고 뭘 할 건데?"

"글쎄요."

현호의 대답을 듣자마자 박거성의 입가에 실소가 묻었다. 뚜렷한 목표가 있는 줄 알았건만, 글쎄요,라는 대답을 들으니 맥이 탁 풀렸다.

"겨우 대답이 그거야?"

언짢은 얼굴로 박거성이 물었다.

"생각한 게 너무 많아서 딱히 끄집어내기가 애매하네요."

박거성은 이어진 현호의 미적지근한 대답에 녀석이 지금 '뻥카'를 치는 건지, 배짱을 부리는 건지 파악하기가 애매했다.

보통은 사람의 눈을 보면 답이 나오는데, 속에 구렁이 천 마리는 안고 사는지 도통 이 녀석의 생각을 읽을 수가 없었다.

"좋아, 그럼 앞으로 우리나라 경제가 어떻게 될까?"

박거성에게는 땅도 있고 주식도 있지만 결국은 나라가 성장해야 그것들이 제값을 받는 법이다.

대답을 기다리는 사이, 자세를 고쳐 앉은 박거성이 슬쩍 옆에 앉은 남자의 반응을 살폈다. 남자는 눈에 힘을 주고 현호에게 집중하고 있었다.

'요 녀석아, 어디 한번 제대로 대답해 봐라.'

지금 곁에 있는 남자는 경제 전문가인데, 미국에서 공부한 똑똑한 양반이다.

분명 이런 방식은 박거성에게 있어 내키지 않았지만 이번만은 그도 자신의 감에만 올인할 수 없었기에 마련한 자구책이었다.

그만큼 박거성은 차현호라는 인간에게 남다른 기대가 있었다.

만약 경제 전문가가 현호의 말에 신빙성이 있고 가능성이 있다는 판단을 내리면 박거성은 모험을 걸어볼 생각이었다.

하지만 그저 입에 바른 소리라면, 지금까지 차현호라는 녀석에게 가졌던 생각을 재고할 여지도 있었다.

"분명… 힘들어질 겁니다."

차현호가 입을 열었다.

"뭐?"

현호는 박거성의 이마가 찌푸려지는 것을 볼 수 있었다. 그도 그럴 것이 지금 1995년의 대한민국은 잔치집이나 다름없었다.

현호가 죽은 해인 2016년도는 은행 적금 이율이 2퍼센트 언저리를 겨우 맴돌 뿐이었고, 그마저도 세금을 떼면 남는 것도 없었다. 은행은 말 그대로 저금통일 뿐이었다.

하지만 지금은 다르다. 1995년도의 은행 이자는 적금이 아니라도 기본 7퍼센트가 넘으며, 저축은행 등의 제2금융권 중에는 적금 이율이 15퍼센트를 넘기는 곳도 있다.

그 말인 즉, 은행에 돈만 넣어놔도 이자로 생활이 가능할 정도로 살 만하다는 것이다.

그뿐인가.

땅값은 계속 오르고 있고, 경제성장률은 5퍼센트를 넘겼으며, 주식시장 개방으로 외국계 투자 자금이 국내에 유입되는 상황이었다.

"왜 그렇게 생각합니까?"

이번에는 박거성의 곁에 있는 남자가 현호에게 물었다. 신중한 얼굴이었지만 현호에게 있어 그가 누구인지 알 필요는 없었다.

"호황기니까요."

엄밀히 말해 호황기는 아니었다. 경상수지는 80억 달러의 적자를 기록하는 상황이었고, 상장사 30개 기업 가운데 특정 기업을 빼고는 모조리 적자인 상황이었다.

하지만 사람들은 호황기라고 생각하고 있었다. 지독히도 희망적이고 낙관적인 시대였다.

"그럼 더 성장해야지 왜 힘들어 집니까?"

남자가 재차 물었다. 현호도 재차 대답했다.

"투자를 할 테니까요."

"투자를 해서 힘들다? 그건 또 무슨 말인지?"

"앞으로도 기업들은 누가 먼저랄 것 없이 문어발식으로 사업을 확장할 겁니다. 부채비율이 2백, 3백, 아니, 4백 퍼센트를 넘기는 곳도 나올 겁니다. 왜냐고요? 호황기니까. 그래서 망하지 않을 거라 생각하니까요."

현호는 눈을 번쩍이며 얘기를 했다. 이는 앞으로 IMF를 겪게 될 대한민국 성인이라면 누구라도 몸소 알게 되는 상식일 뿐이다.

하지만 IMF가 올 줄은 꿈에도 모르는 눈앞의 박거성과 남자에게는 허황되지만 색다르게 받아들여지는 하나의 의견일 수밖에 없을 것이다.

그래서인지 남자는 조금 긴가민가한 표정으로 다시 물었다.

"부채비율이 늘어나도 은행에서 자금을 끌어오면 되죠. 겨우 그것 때문에 힘들어진다고요?"

"달러 때문입니다."

"달러?"

주름이 파인 남자의 눈가에 짧은 떨림이 일었다.

"대한민국은 수출로 먹고 사는 나라입니다. 그러니 달러라는 화폐에 눈독을 들이지 않을 수가 없습니다. 지금 환율이 770원입니다. 1달러에 770원밖에 안 한다는 얘기입니다. 그래서 지금 어떻습니까? 기업들은 앞다퉈 달러를 쓰고 있습니다. 어차피 저렴하니 달러를 끌어오고 그걸로 사업을 확장하고, 달러를 갚고, 다시 빌려서 확장하고, 그런 순환이 반복되고 있는 거죠."

"그래서요?"

남자의 얼굴빛이 조금 달라졌다. 그는 현호의 얘기를 꽤 신중히 듣고 있었다.

"그래서라니요? 그 상황에서 환율이 오른다면 뻔한 것 아닙니까? 투자자들이 달러를 급히 회수하겠죠."

"그때는 정부에서 외환 보유고를 풀겠죠."

"그 보유고가 바닥이 난다면요?"

남자의 굵은 눈썹이 찌푸려진다. 남자에게 있어 지금 현호의 얘기는 하나의 가정에 불과했다.

물론 경상수지가 적자이고, 그로 인해 투자가 위축되고 달러가 감소하지만, 극단적이기까지한 현호의 얘기와는 달리 현재 환율은 안정적이었다. 주식시장 개방으로 외국계 투자 자금이 꾸준히 들어오고 있기 때문이다.

하지만 또 가능성이 아주 없는 얘기는 아니다.

다만 누구라도 추측할 수 있는 상황일 뿐이고, 그럴 가능성이 희박할 뿐이니 논외로 둘 뿐이다. 나라가 잘 굴러가는데 외국 자본이 빠져나갈 이유가 없으니 말이다.

그래서 남자는 현호의 질문을 곱씹은 끝에 하나의 가정을 들었다.

"그쪽 말처럼 된다면 환율이 치솟을 테고, 기업들은 파산하겠죠, 도미노처럼……. 하지만 말입니다, 그쪽의 생각은 우려에 불과합니다. 지금 대한민국은 세계가 주목하는 신흥국입니다. 달러가 빠져나갈 구멍이 생길 이유가 없다는 거죠."

현호는 남자의 이야기에 피식 웃음을 흘렸다. 가만히 듣고 있으니 이래서 대한민국이 휘청거렸구나 싶었다.

왜 이렇게 사람들은 희망적이란 말인가.

"물론 우리나라만 두고 보면 그럴 겁니다. 하지만 우리나라가 아니라 다른 곳에서 문제가 생긴다면요?"

그 말에 남자는 꿀 먹은 벙어리가 됐다.

정확히는 답을 모르니 입을 다물고 있을 뿐이었고, 현호는 얘기를 계속했다.

"외국인들은 우리나라가 아닌 아시아에 투자하고 있는 겁니다. 그 아시아의 구성국 중 하나가 무너진다면요?"

"당연히… 회수하겠죠."

이제야 남자도 납득하기 시작했다. 좀 전과 달리 얼굴이 잔뜩 찌푸려져 있었다.

하지만 현호는 남자의 얼굴이 찌푸려지는 것에 별 관심이 없었다.

'이렇게 얘기한들 달라질 건 없겠지.'

일어날 일은 일어난다. 머피의 법칙이라고 했던가.

한 사람의 생각을 돌린다고 바뀔 일이 아니다.

현호는 얘기를 나누면서 내용과 단어의 선택에 신중을 기했다.

IMF가 일어날 년도를 언급해선 안 됐고, 박거성이나 남자가 그의 얘기를 매우 심각하게 받아들여서도 안 됐다. 더불어 필리핀과 인도네시아 등 동남아시아의 연쇄적 외환 위기에서 대한민국 정부의 외화 관리 정책이 실패했다는 사실도 얘기해선 안 됐다.

만약 박거성 외의 누군가 이 얘기를 귀담아들어서 대비한다면 오히려 낭패가 될 수도 있었다.

'신전.'

현호는 오랫동안 기억의 저편에 밀어뒀던 신전그룹을 떠올렸다.

본래의 미래라면 이제 다가올 IMF에서 수많은 기업이 휘청이게 된다. 그럼에도 불구하고 신전그룹은 살아남았고, 이후

수조원의 비자금을 형성했다.

만약 그런 신전이 현호의 말 한마디 때문에 IMF에 대비하기라도 한다면 앞으로 그 성장세는 끔찍할 정도로 엄청날 것이다.

'당연히 그래서는 안 되지.'

현호는 날카로운 눈빛을 감추고 피식 웃었다.

"그냥 가정한 것뿐이니 너무 심각하게 받아들이지는 마세요."

그러자 박거성은 눈을 치켜뜨며 현호를 향해 말했다.

"밥이나 먹자고 해도 안 먹을 것 같은데, 다시 연락하지."

"그러세요."

현호는 자리에서 일어났다.

방문을 열고 나가기 전, 박거성을 돌아보고 왼쪽 눈썹을 찌푸린 채 말했다.

"다음에는 직접 오세요. 저도 바쁩니다."

드르륵.

문이 닫히고 차현호가 사라지자 박거성이 크큭 웃으며 입꼬리를 들썩였다.

"썩을 새끼."

욕을 그럴싸하게 뱉고 남자를 돌아봤다.

"들어보니까 어때?"

남자는 여전히 심각한 표정이었지만 차분히 고개를 끄덕

였다.

"날카롭기는 한데, 과도할 정도로 비관적이네요."

"가능성이 있겠어?"

그 말에는 남자가 피식 웃으며 고개를 가로저었다.

"어르신, 밖에 나가보세요. 저 말이 가능성 있겠습니까?"

잿빛 구름이 드리워지기에는 이들의 눈에 비친 대한민국은 너무도 밝았다.

"흠, 그럼 말이야, 만약에 저놈 말대로 된다 치자. 그럼 어떻게 돈을 벌어?"

"그거야 간단하죠. 망하지 않을 것에 투자를 하겠다는 거겠죠. 그리고 뭐, 쉽게 본다면 저 친구가 얘기한 것처럼 달러를 미리 사두거나."

"달러를 사둔다?"

"하하, 행여나 그런 생각 마십시오."

남자는 목을 젖혀 껄껄 웃었다.

"왜?"

"올 1월에 달러가 780원이었습니다. 근데 지금 보세요, 올랐습니까? 11월인 지금 770원입니다. 딱 적정선입니다. 나라가 망하기는커녕 잘 굴러간다, 이겁니다."

남자는 제 무릎을 쳐 가면서까지 확신했다.

"흠……."

식사를 끝낸 박거성은 송만호에게 남자를 데려다주라고 지시하고는 먼저 사무실로 돌아왔다.

그는 소파에 앉은 채, 해가 질 때까지 차현호에 대한 생각을 계속 이어갔다.

처리해야 할 수만 가지 일이 있건만, 그는 차현호에게 생각이 얽매여 있었다.

'감.'

배운 것도, 물려받은 것도 없이 박거성은 맨손으로 여기까지 왔다. 그럴 수 있었던 이유는 '감'이었다.

남들처럼 멋들어진 사자성어 하나 몰라도 떵떵거리며 그가 살 수 있는 것은, 이 감이란 놈이 몇 번이고 죽음의 문턱에서 그를 끌어내 줬기 때문에 가능한 일이었다.

그런데 그 감이 지금 계속해서 차현호에게 기울고 있었다.

'염병, 경제 전문가는 무슨.'

오히려 머릿속만 더 복잡해졌다.

"어떻게 생각하냐?"

박거성은 어느새 사무실로 돌아온 송만호를 향해 물었다.

"글쎄요."

송만호도 이번만은 쉽게 대답하지 못했다. 전 재산이라니. 스케일이 커도 너무 크다.

"사장님의 고민, 그 아이에게 너무 얽매였기 때문일 수도 있습니다."

"너라면 스무 살에 녀석처럼 할 수 있었겠냐?"

혼자서 강남세무서의 비리 라인을 잡아내고, 심지어는 한누리당 당 대표와 검찰까지 움직였다.

그렇다고 녀석의 태생이 때깔 좋은 금줄도 아니고, 녀석은 덜렁 맨몸으로 남들은 상상도 못 할 일을 해나가고 있었다.

"저라면 못 했습니다."

"그래, 나라도 못 했지."

박거성은 천천히 고개를 끄덕였다.

*   *   *

"저기, 세무서 양반."

현호는 세무서에 들어가는 중에 발걸음을 멈췄다. 그를 부르는 소리에 뒤를 돌아보니 김밥 할머니가 서 있었다.

"아, 할머니 안 들어가셨어요?"

손목시계를 보니 이제 곧 점심시간이었다. 평소라면 할머니가 김밥을 다 팔고 집에 돌아가고도 남았을 시간이었다.

"내, 뭐 하나 물어보려고."

"뭔데요?"

"시간 돼?"

"하하, 안 될 것 뭐 있어요."

현호는 할머니를 모시고 세무서 내 외곽 휴게실로 안내했다.

달그락달그락.

자판기에 동전을 넣자 따뜻한 커피가 나왔다.

그가 종이컵을 할머니의 두 손에 쥐어주자 연신 고맙다는 말이 돌아왔다.

"물어보고 싶으신 게 뭔데요?"

세무 공무원에게 물어볼 것이야 세금 문제일 터.

"내가… 땅이 조금 있는데, 그걸 좀 처분할까 하거든."

"아, 땅 파시려고요? 이미 잔금은 다 치르신 거예요? 아니면 이제 파시려고?"

"아직 알아보는 중이야."

"그래요?"

"그래서 공무원 양반이 좀 도와줬으면 해서."

할머니의 기대 어린 시선이 그를 향했지만 현호는 묵직한 시선을 가로저었다.

"어쩌죠. 제가 맡을 분야는 아니라서요."

물론 양도소득세는 회귀 전 현호의 주머니를 두둑이 만들어 주는 분야였다.

하지만 지금 현호는 세무 공무원일 뿐이었고, 이런 일은 세무사가 맡아 처리하는 게 당연했다. 그리고 할머니를 도울 만큼 개인적인 친분이 있는 것도 아니었다.

"그래?"

할머니의 얼굴에 실망의 빛이 물들었다. 힘없이 고개를 숙이는 그 모습에 현호는 손목시계를 한번 쳐다보고는 세무서 입구를 바라봤다.

'뭐, 얘기나 한번 들어보지.'

어차피 점심시간이라 들어가도 딱히 할 일은 없었다.

"무슨 땅인데요?"

"어?"

"무슨 땅이냐고요."

현호는 미소와 함께 차근차근 물었다.

"그냥 자투리땅이야."

"자투리요?"

"응. 영감이 살아 있을 때, 거기에 집 한 채 짓고 한 8년 살았는데… 손녀 학비라도 마련해 둘까 해서. 집이 무허가 건물이기도 하고."

"그럼 할머니는 어디서 사시려고요?"

"나는 고향으로 내려가야지. 거기에 빈집 하나 없겠나."

"흠… 무허가 건물이 있는 자투리땅이면 나대지(裸垈地)란 소린데……."

비사업용 토지는 오랫동안 가지고 있는 것에 비해 혜택(장기보유특별공제)이 적용되지 않는다.

지금 시대에는 세율이 60퍼센트에 이르는데, 세율도 문제지만 장기보유특별공제가 적용되지 않기 때문에 상대적으로 세금이 많이 나올 수밖에 없다.

"세무사는 찾아가 보셨어요?"

얘기를 들어도 딱히 현호가 세금을 줄여줄 방법이 없었다. 그렇다고 눈 질끈 감고 넘어가 줄 수도 없는 노릇이고, 법인세 과에서 할머니에게 뭘 해줄 수도 없었다.

"실은 부동산에서 세무사하고 날 찾아왔었거든."

"예?"

요즘 세무사는 출장 서비스라도 한단 말인가.

"그 세무사 말이 세금이 많이 나온다네."

"예. 나대지는 그래요. 비사업용 토지라서 60퍼센트는 나와요. 거기다 무허가 건물까지 책잡히면 70퍼센트까지도……."

"그래?"

현호의 얘기에 할머니는 그다지 놀라는 것 같지는 않았다. 아무래도 세무사에게 얘기를 들었음에도 혹여나 싶어 현호에게 기대를 걸고 물어온 듯 보였다.

"근데 세무사가 누군데요?"

강남에 적을 둔 세무사를 현호가 모를 리 없었다. 강남세무서 소속의 공무원임을 떠나서, 지난 5개월 동안 이도필의 비리 라인을 찾아내려 무던히도 강남을 돌아다녔던 탓이다.

"누구더라."

할머니는 앞치마 섶을 뒤적여 복대 지갑에서 구겨진 명함 한 장을 꺼내 들었다. 그녀가 눈을 기울이고 명함에 적힌 이름을 읽었다.

"장… 선자 세무사?"

장선자 세무사.

태권도의 어머니 사건에서 현호와 함께 심의에 나섰던 세무사.

"장선자요?"

현호의 눈이 크게 끔뻑였다.

*   *   *

"안녕하세요, 조사관님."

며칠 후 현호를 찾아온 이가 있었다. 바로 장선자 세무사였다.

"오랜만이네요."

현호는 그녀를 반겼다. 그날 할머니에게 장선자 세무사의 얘기를 듣고는 그 세무사는 믿을 만하다고 얘기를 해줬던 그였다.

장선자는 오랜만의 만남에 미소와 함께 현호를 훑어보며 신기해하는 얼굴이었다.

"뭘 그렇게 뚫어지게 보세요?"

현호가 자리에서 일어나며 민망한 웃음을 보였다. 그녀와 함께 복도로 나와 커피 자판기로 향했다.

"여기요."

커피 한 잔을 장선자에게 건네고, 현호는 나직이 물었다.

"부가 쪽에서는 한 번도 못 뵌 것 같은데."

"그러게요. 제가 그쪽은 최근에 들르지를 않았네. 근데 내 이름 기억하고 있었네요?"

"그럼요."

한번 머릿속에 자리 잡은 건 지워지지 않으니까.

"역시 대단하네. 대한민국이 낳은 천재는 뭐가 달라도 달라……."

"대한민국이 절 낳았대요?"

현호가 농담을 건네고 피식 웃으며 커피를 마셨다.

"실은 나도 소식은 듣고 있었어요. TV에도 나오고 신문에도 나오니 모르려야 모를 수가 없잖아. 근데 왜 세무 공무원이에요? 다른 것도 많은데."

지겨운 질문 중 하나가 또 시작되려 하고 있었다. 현호는 미소로 답을 대신하고 다른 이야기를 꺼냈다.

"그보다 김밥 할머니는 어떻게 됐어요?"

"그 나대지가 할머니가 손녀하고 사시던 곳인데, 이번에 고향으로 내려가신다고 하더라고요. 그 때문에 땅을 팔려니, 나대지니까 세금이 너무 많이 나오는 거지."

"흠… 면적은?"

"10평도 안 돼요. 그나마 손녀 대학 학비라도 될까 하고 기대하셨는데, 세금 내면 수임료도 아쉬운 판이니."

"10평이라……."

2016년도에 강남 나대지 10평이면 얼마나 할까.

하지만 지금은 세금 떼고 나면 고작 몇백.

물론 몇백이란 돈도 크기는 하지만, 아쉬움 역시 그에 비례해 클 것이다.

그렇다고 훗날을 위해 가지고 있으세요,라고 한들 할머니가 그 나이에 무슨 부귀영화를 누리겠다고 손에 쥐고 있을까.

"근데 오랜만의 해후를 기념해서 오신 것 같지는 않은데요?"

현호는 미소와 함께 넌지시 물었다. 장선자에게 계속해서 부조화가 보였기 때문이다.

그녀의 말대로 할머니의 나대지 때문에 온 것이라면 그녀의 행선지는 법인세과가 아니라 재산세과로 가야 했다.

"아, 내 정신 좀 봐."

장선자는 지갑에서 명함을 건넸다. 명함에는 '세무 법인 창'이라고 적혀 있었다. 그 아래는 '대표 장선자'.

"재작년에 맘 맞는 사람들하고 세무 법인을 만들었어요. 그래서 인사차."

아무래도 장선자를 부가가치세과에서 보지 못한 이유가 그 때문이었던 듯싶었다. 그동안은 법인 내의 담당 세무사들이 오고 갔을 터.

"인사야 직원분들 시키시면 되지 대표님께서 직접 오실 필요 있나요."

"강남세무서를 뒤흔든 분인데 당연히 제가 와야죠."

장선자의 웃음소리에 현호는 잠시 그녀를 바라봤다.

'하긴, 세무사들 사이에도 소문 다 퍼졌겠네.'

아무래도 장명준 국장을 도운 것이 훈장이 아닌 족쇄가 된 느낌이다.

그녀가 돌아가고 나서 제 자리에 돌아온 현호는 내내 찜찜했던 이유를 이제야 깨달을 수 있었다.

'적을 만들고 말았어.'

소위 말해 너무 나댄 것이다. 이는 돌이킬 수가 없었다.

그렇다고 이제 와 세무 공무원 본연의 자세로 돌아가는 것도 의미가 없어졌다.

'특무부.'

정말 그곳으로 가야 하는 걸까.

하지만 이것은 엄밀히 말해 변수는 아니었다.

현호 역시 시작부터 예상했던 일이다. 다만, 자신의 역량을 확인하고 싶다는 작은 욕망에서 시작된 일이 예상과 다르게 한층 크게 진행됐을 뿐이다.

"뭐 하나?"

어깨에 올라온 손으로 인해 부득이 현호의 생각이 멈췄다. 마영환 조사관이었다.

"퇴원하셨어요?"

현호가 자리에서 일어나 그를 반겼다.

"내일부터 출근인데, 일이 또 얼마나 쌓였겠어. 그래서 잠깐 들렀지."

하지만 마영환은 자신의 자리로 돌아가서는 고개를 갸우 뚱했다. 장부들은 말끔히 정리가 돼 있었으며, 그가 담당하는 법인들이 제출한 자료도 이미 누군가의 확인을 거친 뒤였다.

더구나 요약한 자료까지 놓여 있어서, 그가 한번 확인 후 그대로 마무리를 짓든지 업체를 통해서 추가 자료를 받든지 결정만 내리면 될 정도였다.

"이거 누가 한 거야?"

마영환의 질문에 다들 꿀 먹은 벙어리였다. 현호만이 차분 한 미소를 보일 뿐이었다.

눈치를 채고 자리에서 일어난 마영환이 현호를 향해 고개 를 끄덕였다. 잠시 뒤 그가 사무실을 나가면서 메모 한 장을 건넸다.

이따가 퇴근하면 한잔 사지.

*   *   *

"자."

마영환이 현호의 잔을 채웠다. 연탄불에 오른 돼지 막창에서 연기가 피어올랐다.

"근데 퇴원하자마자 이런 거 드셔도 돼요?"

"뭐 어때. 또 실려 가지, 뭐."

현호는 마영환이라는 사람이 마음에 들었다.

성격도 좋고, 사람이 허세가 없다.

무엇보다 현호를 피하는 다른 직원들과 달리 유일하게 먼저 다가오는 사람이었다.

현호가 소주의 쓴맛에 눈을 찌푸리자 마영환이 젓가락을 손에 들며 물었다.

"갈피를 못 잡겠지?"

"예?"

"심란하지 않냐고."

그 말은 현호의 정곡을 찔렀다.

강남세무서의 비리 라인을 캐고, 월연을 박살 내면 시원할 줄 알았다. 하지만 달라진 것은 없었다.

자리가 비자 다시 사람이 찼고, 월연이 사라졌다고 하늘에 무지개가 뜬 것도 아니었다.

"신문을 봤는데 그런 칼럼이 있더라고."

"뭐가요?"

현호가 막창을 입에 욱여넣으며 물었다.

"왜 대한민국은 천재를 키우지 못하는 걸까."

"천재요?"

"자네 이야기야. 차현호라는 인물에 대한 기사였네."

"그게 무슨."

"연합고사 만점, 학력고사 만점, 그것도 고작 열여덟에 말이야. 그 천재가 지금 세무서에 있으니 다들 이상한가 봐."

마영환은 껄껄 웃었다.

"천재야 널리고 널렸는걸요."

황주혜만 봐도 그랬다. 그녀야말로 현호가 인정하는 진짜 천재였다.

사실 천재의 스토리는 언론이 만들고 방송이 부추기는 하나의 장르 소설일 뿐이다.

"훗."

현호는 피식 웃고는 입술을 벌려 소주 한 잔을 털어 넣었다.

"나는 말이야, 자네의 속이 궁금해."

"제 속마음을 얘기하시는 겁니까?"

"그래."

"하하."

현호는 기분 좋게 웃어넘겼다. 마영환과 함께 있으니 술이 달게 넘어갔다. 태권도나 쭉정이와 함께 마시는 것과는 또 다른 맛이 있었다.

하긴 그 녀석들하고 술을 마시면 애들을 챙기는 기분이었다. 하지만 마영환은 이전 삶의 현호와 비슷한 연배이니 대화의 깊이에 차이가 있을 수밖에 없었다.

"받으세요."

현호는 마영환의 잔에 술을 따랐다.

빈 병이 조금씩 늘어나자 마영환이 붉게 변한 볼을 들썩여 크게 숨을 내쉬고는 미소를 끌어 올렸다.

"요 앞에 괜찮은 소고기집이 있는데, 거기 가서 2차?"

"그러시죠."

현호는 흔쾌히 자리에서 일어났다.

막창집을 나와 마영환이 얘기한 소고기집에 가니 제법 규모가 있어 보였다.

"안녕하세요."

"어?"

입구에서 현호에게 인사를 해온 이는 창석이의 친구 중 하나였다. 녀석이 수더분하게 웃으며 다가왔다.

"형님, 식사하러 오셨어요?"

"그래."

"어서 들어가세요. 제가 서비스 제대로 넣겠습니다."

"됐다, 인마. 신경 쓰지 마."

현호는 녀석의 어깨를 두드리고 마영환과 함께 식당 안으로 들어섰다.

하지만 방으로 향하던 현호와 마영환은 복도에서 걸음을 멈췄다. 눈앞에 장선자 세무사와 강남세무서 법인세과 직원

몇이 함께 있었다.

그들은 서로 얘기를 나누고 있었는데, 두 사람을 보고는 불편한 듯 인상을 찌푸렸다.

"계장님, 식사하러 오셨어요?"

눈치 빠른 장선자가 먼저 다가와 인사를 하자 법인세과 직원들도 어물쩍 걸어와 마영환에게 인사를 했다. 물론 그들은 현호를 향해서는 눈도 돌리지 않았다.

"우리가 방해했나 본데요?"

현호가 툭 던져 묻자 다들 서로의 눈치만 살핀다. 마영환은 피식 웃더니 현호의 어깨를 두드렸다. 어서 방으로 들어가자는 제스처였다.

"그럼 다들 저녁 맛있게 먹고, 내일 보자고."

마영환과 현호는 직원들을 뒤로하고 복도 끝에 있는 방으로 들어갔다.

코트를 벗어 철제 옷걸이에 걸면서 마영환이 말했다.

"좀 전에 본 건 못 본 척해주게나."

밥 한 끼 먹는 거야, 서로 숨통 좀 트이게 살자는 뜻이니 그걸 가지고 현호가 뭐라 할 생각은 없었다.

"뭐가 있었어요?"

자리에 앉은 현호는 고기와 맥주를 시켰다. 1차는 소주를 마셨으니 2차는 맥주다. 순간 소맥을 만들어 볼까 하다가 관둬 버렸다.

잠시 뒤 불판 위에서 자글자글 익어가는 살치 살을 바라보며 현호가 운을 뗐다.

"계장님도 좀 챙기고 그러세요."

"뭘?"

"뭐겠어요."

"하하, 그래 볼까?"

법인세과 조사관이 마음만 먹으면 1년 안에 아파트를 산다는 얘기가 있다. 그만큼 뒷돈을 챙기는 범위가 개인보다는 클 수밖에 없었다.

다만 일개 세무 공무원이 벌일 수 있는 일탈에는 한계가 있을 뿐이다.

"난 말이야, 그런 걸 두고 비난하고 싶진 않아. 이런 사람, 저런 사람이 가득한 세상인데 어떻게 깨끗이만 살 수 있겠어?"

마영환이 취기 어린 시선으로 자신의 생각을 말했다. 현호는 그 생각에 동조한다는 뜻으로 고개를 끄덕이며 맥주잔을 입에 대고 홀짝였다.

"자네를 시기하는 다른 이들의 시선도 나는 이해가 가. 어쩌겠나. 남들과 다르면 이 정도는 감내하고 살아야지."

이번에도 현호는 고개를 끄덕이다가 문득 대학 시절, 엠티의 밤을 떠올렸다.

모닥불이 활활 타오르던 그때의 풍경이 눈앞에서 펼쳐지고,

황주혜의 노랫소리가 그 사이에서 아득히 퍼져 나갔다.

"근데 가끔은 말이야, 이 일에 회의가 들어."

"왜요?"

"우리야 결국에는 세금을 걷는 게 일이고, 그 세금은 또다시 국민들에게 돌아가잖아? 그게 마치… 내가 소모품이 된 기분이 든단 말이야. 낡고 무뎌진 톱니바퀴같이."

마영환은 슬슬 취기가 올라온 듯했다. 그의 얘기는 어느 직장인이 하든 크게 다르지 않을 것이다.

"자네, 내 꿈이 뭐였는지 알아?"

"글쎄요, 대통령?"

"하하."

마영환이 어깨를 들썩이며 웃었다. 그는 맥주잔을 가볍게 손에 쥐며 답을 말했다.

"나쁜 놈들을 다 무찌르는 정의의 용사. 없는 사람들한테 세금 더 걷는 거 말고, 정말 많은 놈들한테 세금 공정하게 걷는 거. 그래야 수직적 평등이 좀 이루어지지 않겠어?"

"훗, 뭐, 틀린 얘기는 아니네요."

세상이 그렇게 돌아가면 얼마나 좋겠는가. 하지만 어디 그렇게 돌아가나.

"그랬는데… 내가 이렇게 됐네. 삶에 찌든 세무 공무원이라니."

"세무 공무원이 어때서요?"

"말했잖아, 톱니바퀴라고."

누구에게나 자신만의 인생이 있다. 그 안에서는 주인공이다. 하지만 세상이라는 큰 틀에서는 그저 그 속에 놓인 톱니바퀴일 뿐, 조연보다 못한 인생이다. 마영환의 얘기처럼 말이다.

'하, 감상적이네.'

현호는 고개를 휘휘 저었다. 술 때문일까. 오늘따라 기분이 들쭉날쭉했다.

"저, 잠깐 화장실 좀."

"그래."

현호는 생각을 물리고 자리에서 일어났다. 홀로 맥주잔을 집은 마영환을 내려다보니 문득 그런 생각이 들었다.

'이런 양반이 특무부를 가면 재밌겠는데……'

밖으로 나온 현호는 먼저 카운터에서 계산을 끝내고 화장실로 향했다.

화장실은 좁았다. 칸막이 하나를 두고 대소변을 보는 장소가 나눠져 있었다.

세면대의 거울을 한번 보고 현호가 손을 닦는 그때였다.

끼릭, 하는 소리와 함께 대변을 보는 칸의 칸막이가 열렸다.

"차현호?"

"누구?"

순식간이었다.

느닷없이 현호의 옆구리에 주먹이 들어왔다.

하지만 옆구리에 들어온 주먹은 현호에게 통증을 주진 않았다. 직전에 멈춘 것이다.

반면에 불시의 공격을 막기 위해 왼손으로 주먹을 쥐었던 현호는 상대를 보자 입가에 만연한 미소를 띠었다.

"잘 지냈냐?"

안부를 묻는 남자는 현호가 익히 아는 사람이었다.

국민학교에서 친구가 됐고, 같은 복싱 도장을 다니며 우정을 쌓았지만, 잠시 이별해야만 했던 친구.

"오랜만이다, 송승국."

현호는 그를 향해 손을 내밀었다. 두 사람은 악수를 나눴고 누가 먼저랄 것 없이 기분 좋은 눈웃음을 보였다.

"야, 너 진짜 멋있어졌다?"

송승국은 현호를 위아래로 훑으며 샐쭉 웃었다. 그 모습이 정겨워서 현호 역시 가볍게 반문했다.

"자식아, 연예인 됐다고 비꼬는 거냐?"

"비꼬긴, 정말 반갑다!"

송승국은 현호를 얼싸안았다. 중학교 1학년 때 그가 수원으로 이사를 갔으니 6년만이었다.

처음부터 현호는 송승국이 연예인이 될 거라는 사실을 알고 있었고, 예정대로 그는 요즘 잘나가는 연예인이 돼 있었다.

"남자 넷 여자 넷? 그거 재미있다던데."

이전 삶이나 지금이나 현호는 TV를 즐겨보는 편은 아니었다. 그러니 TV는 오로지 미숙이 차지였다.

"재미있다던데? 보지도 않았구만?"

"하하, 사회인은 바쁘거든? 근데 여긴 어쩐 일이야?"

함께 화장실을 나오며 현호가 물었다. 식당이야 밥을 먹으러 왔겠지만 강남에서 송승국을 다시 본 것은 의외였다.

"우리 회사가 이번에 강남으로 옮겼거든."

"아, 그래? 회사 이름이 뭔데?"

"J 프로덕션."

"J 프로덕션?"

어디서 들어본 이름이었다. 문득 현호는 제주도에서 자신을 캐스팅하려 했던 한성훈을 떠올렸다. 설마 J 소리꾼은 아니겠지 싶지만.

"현호, 너 강남세무서에 있다며? 그러지 않아도 한번 찾아가 볼 생각이었는데."

송승국의 얘기에 현호는 의아해서 되물었다.

"어떻게 알았어?"

"어떻게 알긴. 너 유명하잖아, 학력고사 만점자. 신문에 얼굴이 대문짝만하게 실렸으면서……. 너 강남세무서로 발령 난 것까지도 신문에 나더라."

"아… 그랬지."

송승국의 말은 사실이었다. 장선자와 마영환도 그런 얘기를 하지 않았던가.

현호는 원하든 원치 않든 세상의 주목을 받고 있었다.

물론 눈에 띄는 행보는 자제하고 있지만, 만약 창원세무서와 강남세무서의 비리 건이 그의 솜씨라는 게 밝혀진다면 당장 내일 신문 헤드라인에 이름이 오를 것은 불을 보듯 뻔한 일이었다.

"나 지금 소속사 사람들이랑 함께 왔거든. 조만간에 내가 세무서에 들를게."

"그래라."

"그럼 연락 기다려."

송승국은 특유의 짙은 눈썹으로 눈웃음을 보이며 다시 만날 것을 기약했다.

오랜만에 친구와의 만남에 기분이 좋아진 현호는 걸음을 재촉해 마영환이 있는 방으로 향했다.

방에 들어가니 마영환은 한쪽 벽에 등을 기대고 곯아떨어져 있었다.

'…직장인의 비애인가.'

현호는 그 모습을 잠시 바라보다가 마영환의 어깨에 손을 얹었다.

"계장님, 집에 가셔야죠."

"어… 내가 깜박 잠들었네."

현호는 일어선 그를 부축하고 식당을 나와 택시에 태워 보냈다. 멀어져 가는 택시를 지켜보는데, 식당에서 한 무리의 사람이 빠져나왔다.

아까 마주쳤던 법인세과 직원들이었다. 그들은 현호가 혼자 있는 것을 보고는 탐탁지 않은 얼굴로 속삭였다.

"낯짝도 좋지. 동료나 팔아먹고."

"그러게 말이야. 무슨 생각으로 붙어 있는 거야?"

"지 혼자 살겠다고."

그들에게 있어 현호는 동료를 배신한 변절자 그 이상도, 이하도 아니었다. 마땅히 해야 할 일을 했든 정의를 실현했든 그 것은 중요하지 않았다.

같이 한 공간에서 일을 한다는 게, 숨을 쉰다는 게 꺼림칙할 뿐이었다.

그렇다고 저들을 탓할 수는 없다. 누구나 그럴 테니까. 한때는 현호 자신도 그랬으니까.

"토라진 애들처럼 언제까지 저러고 있을 건지."

현호는 그들에게서 등을 돌리며 속삭였다. 물론 들으랍시고 큰 목소리로.

"뭐라고? 너 지금 뭐라고 그랬어?"

뒤에서 누군가 현호의 어깨를 붙잡았다. 고개를 돌리니 곧 다가올 새해에 장가를 간다는 봉준석 조사관이었다.

현호는 그 손을 천천히 붙잡았다.

"뒤에서 씹는 건 상관없거든요. 근데 몸에 손대면 가만있기 그렇잖아요?"

틈만 나면 샌드백을 두드리던 손이다. 현호의 악력에 봉준석의 얼굴이 일그러졌다.

"아, 아!"

오줌이라도 마려운 것처럼 다리가 구부정해진 봉준석을 보고서야 현호는 손을 놓았다. 풀어진 봉준석의 손이 덜덜 떨렸다.

"먼저 들어갈게요, 선배들."

현호는 봉준석의 어깨를 두드리고 법인세과 직원들에게서 멀어졌다.

그동안은 마땅히 사회의 구성원으로 톱니바퀴가 되어 주려고 했다. 그렇지만 계속 이런 식이라면 더는 맞춰줄 필요가 없었다.

세상은 싫은 놈이 고개를 숙이면 더 숙이라고 머리를 누른다. 고개를 들면 재수 없다고 이마를 밀어낸다. 그런데 그 싫은 놈이 악을 지르고 눈을 부릅뜨면 상대는 주춤한다.

'응?'

현호는 집으로 가기 위해 버스 정거장으로 향하다 멈칫했다. 미숙이가 다니는 대림여고 학생들이 야간 자율 학습이 끝났는지 우르르 내려오고 있었다.

문득 그는 미숙이가 떠올라서 발길을 돌렸다.

동생을 만날 수 있을지도 장담할 수 없는데 무작정 걸음을 돌린 것이다.

그렇다고 술에 취한 것은 아니었다.

맵고 짠 음식에 시달렸던 위와 간경화 직전까지 갔던 40대의 간 상태에 비하면 이 정도 음주는 번갯불에 콩 구워 먹듯 체외 땀으로 흘려 버리는 것이 현재 차현호의 몸이었다.

'아니야. 어쩌면 취했는지도 모르겠네.'

갑자기 동생이 보고 싶다니. 제정신이 아닐지도.

현재 고등학교 2학년인 미숙이는 질풍노도의 사춘기를 거친 뒤로는 성격이 조금 온순해진 편이었다. 그래봤자 비글이 불도그가 됐을 뿐이지만.

현호는 학생들이 내려오는 길목에서 조금 떨어진 가로등 아래의 펜스에 기대 담배를 입에 물었다.

타들어가는 담배를 바라보며 연기를 흘리는데, 그 앞에 오토바이가 멈춰 섰다.

"형님?"

"어, 두진이냐."

한두진이었다. 일전에 현호는 '꽃보다 소'에 다니는 한두진의 밀린 임금을 받게끔 힘을 써준 적이 있었다.

한두진은 임금을 받자마자 그곳을 그만두고 중국집 배달 일을 하고 있었다. 그리고 지금은 배달을 가던 중이었는지 오토바이에 철가방이 실려 있었다.

"요즘 별일 없지?"

현호의 안부 인사에 한두진은 가볍게 미소를 끄덕였다.

"근데 누구 기다리세요?"

"동생."

현호는 골목을 내려오는 여학생들을 향해 시선을 보냈다. 그러자 한두진이 오토바이 운전대에 기대 그들을 바라보며 속삭였다.

"좋겠다. 나도 공부 잘했었는데."

그 말에 현호는 다시금 담배를 입에 물려다 멈칫하고 한두진을 향해 물었다.

"그러고 보니, 너는 왜 학교 안 다니는 거냐?"

타인의 개인사를 묻는 건 의미가 없었기에 여태 창석이나 이들에게 그런 질문을 해본 적이 없었다.

"이래 봬도요, 저희 집 잘나갔어요."

"그래?"

현호가 담배 연기 사이로 미소를 보이자 한두진이 다시 말했다.

"그런데 아버지가 세무조사를 받았어요. 추징금이 30억인가?"

"뭐?"

현호는 담배를 내려놓고 한두진을 바라봤다. 녀석이 크크하고 메마른 웃음을 짓고는 얘기를 계속했다.

"그때 아현동에 있는 집이랑 오피스텔, 다 날아갔죠. 아버지

는 충격으로 쓰러져 돌아가셨고, 그 일로 어머니도 가끔 정신
이 오락가락하세요."

"30억이라고?"

현호는 그 숫자를 다시금 되짚었다. 그 정도 금액이면 재산
이 어느 정도였다는 말인가.

아니지, 세금을 추징당했어도 남는 재산이 있었을 텐데.

"너희 아버지 함자가 어떻게 되시는데?"

"한, 성 자, 준 자, 한성준이신데요."

"그게 언제라고?"

현호는 꼬치꼬치 캐물었다. 호기심이 들었고, 한번 확인해
보고 싶었다.

"2년 전이요. 하하, 다 지난일이에요. 저 가볼게요."

부르릉. 오토바이를 끌고 한두진이 멀어졌다.

'93년이면 현 정부인데.'

30억이라면 예나 지금이나 큰돈이다. 분명 언론에 오르내
렸을 것이다.

다만 현호는 당시 대학 1학년이었고 찬대미를 위해 동분서
주하던 때였다. 외부에 눈을 돌릴 시기가 아니었다.

"오빠?"

고개를 돌리니 교복 차림의 미숙이가 서 있었다. 곁에는 그
녀의 친구들도 함께 있었다.

"안녕하세요, 오빠."

현호를 향해 다들 반갑게 인사해 왔다.

예전에는 중학생의 어린 소녀들이었지만 이제는 제법 성숙한 티가 났다. 현호는 한두진에 대한 생각을 뒤로하고 그들을 향해 미소를 보였다.

"니들 오랜만이다. 다들 예뻐졌네?"

"여긴 왜 온 거야?"

미숙이가 못마땅한 얼굴로 물었다.

"설마 차미숙 밤길 걱정돼서 왔을 리는 없겠지?"

"뭐라는 거야. 나 애들이랑 떡볶이 먹고 갈 거야."

"그러시던가, 자."

현호는 적선한다는 생각으로 지갑을 열어 만 원짜리를 꺼내 동생에게 건넸다. 냉큼 채 가는 미숙이를 뒤로하고 가려는데 그녀의 친구들이 현호를 붙잡았다.

"오빠도 같이 가요."

"뭐어?"

결국 엉겁결에 떡볶이집으로 끌려왔다. 한데 하필이면 태권도의 어머니가 운영하는 떡볶이집이었다.

떡볶이집에 들어서니 여학생들로 빼곡히 차 있었다.

"안녕하세요, 어머니."

현호가 인사를 하자 처음에는 누군지 알아보지 못했던 그녀였다. 그러다가 입술을 반쯤 벌리고는 손뼉을 치고 제자리를 껑충 뛰었다.

"이게 누구야!"

"건강하셨죠?"

"하……."

그녀는 그때의 일이 떠오르는지 아니면 지나온 시간이 감개무량한 건지 떨림이 묻은 한숨을 뱉었다. 현호는 그녀를 가볍게 끌어안고 등을 토닥토닥 두드려줬다.

"죄송해요. 자주 찾아뵀어야 했는데……."

"죄송하긴."

영문을 모르는 미숙이와 그 친구들을 자리에 앉히고 현호는 태권도의 어머니와 함께 주방으로 이동했다.

주방이라고 해봤자 테이블을 두고 칸막이가 쳐져 있어 밖에서 내부가 훤히 들여다보이는 곳이었다.

더구나 떡볶이를 서서 만들다 보니 손님들의 시선이 자연스럽게 닿을 수밖에 없었다.

물론 주인아줌마를 넋 놓고 바라볼 여학생들이 누가 있겠냐마는 그 자리에 서 있는 사람이 주인아줌마가 아닌 젊은 청년이라면, 그것도 배우 뺨치게 생겼다면.

현호는 재킷을 벗어 빈 의자 위에 올려놓았다.

여학생들의 호기심 어린 시선이 닿았지만 그는 개의치 않았다.

셔츠 소매를 올리고, 현호가 국자를 집자 태권도의 어머니가 그를 만류했다.

"뭐해, 가서 먹어!"

"저 이래 봬도 요리 솜씨 있어요."

현호는 넥타이까지 가볍게 풀고 불판에 떡볶이가 눌어붙지 않게끔 국자를 젓기 시작했다.

어차피 떡볶이가 먹고 싶어서 온 것도 아니었고, 거의 끌려 오다시피 했으니 이게 편했다. 사실 여자애들 사이에 있는 것도 불편했다.

"정말 잘 컸네."

결국 주방에서 현호를 밀어내는 것을 포기한 태권도 어머니는 흡족한 미소를 보였다.

"근데 순태는요?"

현호는 부담스러운 그녀의 시선을 돌리기 위해 태권도의 행방을 물었다.

"엠티 갔어. 내일 온데."

"그래요?"

지난번 만났었을 때, 녀석은 박진숙에게 고백을 하겠다는 말을 했었다. 그건 어떻게 됐을까.

"근데 손님이 많네요?"

"이 시간이 애들 배고플 때라서."

"그럼 떡볶이도 새로 만드시는 거예요?"

"바로 해야 딱딱하지도 않고 맛있지."

"근데 너무 많은 거 아녜요?"

현호가 보기에 떡볶이 양이 너무 많았다. 학생들이 테이블에 가득차기는 했지만 이건, 뭐.

"근처 회사에서 예약을 했는데 취소가 돼서."

예약을 해놓고 취소하면 이 음식들은 누가 처리한단 말인가. 그렇다고 돈을 낼 것도 아닐 테고.

"아니, 사람들이 무책임하게."

"그럴 수도 있지."

그 말에 현호는 곧장 학생들을 바라보며 입을 열었다.

"아, 아! 여러분, 지금부터 떡볶이 한 접시씩 돌리겠습니다. 제가 쏘는 거니 맘껏 드시고, 순태 떡볶이 애용해 주세요."

그 말에 태권도 어머니의 입이 쩍 벌어졌다. 여학생들의 입도 쩍 벌어졌다.

"꺄아!"

여학생들이 내지르는 소란스러움 속에서 현호는 서둘러 떡볶이를 접시에 담았다. 그리고 담는 족족 학생들에게 돌렸다.

"현호야."

"부담 갖지 마세요. 저 돈 많이 벌어요, 하하."

하얀 이를 드러내며 웃는 현호의 모습에 달라붙은 시선이 한둘이 아니었다.

눈썹을 건들 듯 말 듯 가린 그의 앞머리와 보일 듯 말 듯 셔츠 사이에 숨은 쇄골과 국자를 쥔 팔의 잔 근육이 여학생들의 넋을 빼놓고 있었다.

"야, 너희 오빠 진짜 멋있다."

친구의 말에 미숙이가 가소롭다는 듯 픽 웃었다.

"지랄, 저거 다 쇼야. 이미지 메이킹."

"에이, 난 저런 오빠 있었으면 소원이 없겠다."

"웬열, 제발 좀 가져갈래?"

"그랬으면!"

입술을 빼죽 내민 친구들의 모습에 미숙이는 고개를 절레절레 흔들었다.

휙 고개를 돌려 오빠를 보니 집에서와는 딴판인 사람 좋은 미소로 여학생들에게 떡볶이를 내어주고 있었다.

더구나, 허허?

별, 되지도 않는 배우 흉내를 낸 웃음으로 사람들의 눈을 어지럽히고 있다.

"어우, 눈꼴셔."

차미숙은 몸을 부르르 떨었다.

*   *   *

며칠 뒤, 세무서에 낯선 남자가 찾아왔다. 곧바로 법인세 1계 사무실을 찾아온 그는 고개를 두리번거렸다. 잠시 뒤 그가 멈춰선 곳은 창가의 책상 자리였다.

"안녕하세요, 차현호 조사관님."

고개를 돌려 남자를 마주본 현호는 그를 바로 알아볼 수 있었다.

남자는 J 프로덕션의 매니저 한성훈이었다. 과거 제주도에서 현호에게 가수가 돼 보지 않겠냐고 제안했던 남자였다. 얼굴에 세월이 조금 묻었지만 오히려 그때보다는 신수가 훤해 보였다.

"승국이 매니저신가요?"

현호가 자리에서 일어나며 묻자 그는 고개를 끄덕였다.

"눈치 빠르시네요. 예, 맞습니다. 근데 저희가 구면인가요? 눈에 익은데요."

"훗, 글쎄요."

현호는 고개를 가로젓고 벽시계를 바라봤다.

오후 5시 30분.

퇴근하기에는 이른 시간이었지만 3팀 계장인 마영환 조사관에게 사정을 얘기하고 퇴근을 허락받았다.

"그럼, 가보겠습니다."

법인세과를 나서면서 현호는 지난번 트러블이 있었던 봉준석 조사관을 쳐다봤지만 그는 일부러 시선을 피하고 있었다. 현호는 그에게 다가가 퇴근 인사를 했다.

"선배, 먼저 들어가 볼게요."

"어, 어."

어깨를 움츠리는 그를 뒤로하고 한성훈을 따라 세무서를

나섰다.

"진짜 어디서 뵌 것 같은데."

코트 자락을 휘날리며 옆을 따라오는 현호의 모습에 한성훈이 고개를 갸우뚱했다.

현호는 한성훈의 차에 오르며 굳이 대답하지 않고 조수석 창 너머로 세무서 정문을 바라봤다.

오늘 아침에는 김밥 할머니가 보이지 않았다.

"승국이하고 많이 친하셨나 봐요? 자식, 요 며칠 사이에 얼굴이 폈다니까요. 그나저나 벌써 하늘이 어둡네."

한성훈이 부산하게 행동하는 와중에도 가라앉은 목소리로 웅얼거렸다. 그 말대로 겨울이라 해가 빨라지고 있었다.

도로변에 쌓인 누렇게 변한 눈 더미를 감상하는 사이, 차는 청담동에 도착했다.

건물에는 'J 프로덕션'이라는 명패가 붙어 있었다.

계단을 밟고 올라가는 그의 뒤에서 한성훈이 탄성을 비쳤다.

"아! 이제 기억난다. 제주도에서 우리 만났었죠?"

"이제 기억하시나 보네요."

현호는 대수롭지 않게 반응하고 계속 위로 올라갔다.

건물의 5층 사무실에 들어가자 반가운 얼굴이 그를 기다리고 있었다.

"왔어?"

송승국이 환한 웃음으로 현호를 맞이했다.

두 사람이 사람들의 시선을 피해 빈 회의실로 들어가자, 그들을 지켜보고 있던 J 프로덕션 김재중 사장이 한성훈에게 가까이 오라고 손짓했다.

"승국이 친구야?"

"예, 잘생겼죠?"

"뭐 하는 친구인데?"

"세무 공무원이라는데 유명한가 봐요."

"유명해?"

"승국이가 그러는데 무슨 학력고사 만점자라는데요?"

"아, 기억난다. 교통사고 당했는데 시험 봤던 애 맞지?"

"아… 그러네. 하, 아깝네."

한성국이 고개를 힘없이 가로젓자 김재중이 다시 물었다.

"뭐가?"

"실은."

한성국은 제주도에서의 일을 꺼냈다. 얘기를 듣고 난 김재중이 아쉬운 탄성을 내비쳤다.

'그때 잡았어야 했거늘. 학력고사 만점 출신의 연예인이라.'

나쁘지 않다.

"저, 사장님."

김재중이 눈앞의 물고기를 어떻게 해야 하나 고민하는 사이 여직원이 다가왔다.

"왜?"

"'창'에서 사람이 오셨는데요."

"어, 안으로 모셔."

*   *   *

송승국이 창턱에 엉덩이를 붙이고 두 손을 모은 채로 현호를 바라봤다.

"진짜 오랜만이네."

지난밤 잠깐의 회포는 스쳐 온 시간을 추억하기에는 부족했다. 두 사람은 지금 순간 다시금 서로를 보면서 지난날을 떠올리고 있었다.

송승국은 똑똑하게 잘 자란 친구를, 현호는 이전 삶에는 닿지 않았던 송승국이라는 새로운 인연을.

'설마 했는데, 이렇게 다시 만날 줄이야.'

현호는 회의실 테이블 의자를 빼서 앉았다. 그러자 송승국이 맞은편에 앉았다.

잠시 뒤에 여직원이 커피 두 잔을 타왔고 서로가 커피 향을 사이에 두고 대화를 나눴다.

방송 일이 체질인지 송승국은 밝은 얼굴이었다. 물론 그가 출현하는 시트콤 역시도 꽤 큰 사랑을 받을 것이 확실한 작품이었다.

참 이상한 기분이 들었다.

현호에게 있어서 송승국이라는 인물은 결국에 연예인으로서 성공하는 사람이지만, 송승국 본인에게는 이제부터가 시작이고 헤쳐 나갈 순간이었다.

상대의 운명을 안다는 것.

비단 찬대미라는 공동체를 만든 것도 이와 다르진 않았다. 분명 차현호라는 인물은 자연의 법칙을 거스르는 존재였다.

'하지만 필요하니까 있는 거겠지.'

이유가 있을 것이다. 그리고 어렴풋이 그 이유가 궁금해지기 시작한 현호였다.

"야, 너 세무서 관두고 우리 회사 들어와라?"

송승국의 말에 현호는 피식 웃었다.

"말 같지 않은 소리 하고 있네."

"왜 말이 안 돼?"

"인마, 나 신경 쓰지 말고 너나 열심히 해. 연기 연습 열심히 해서 논란거리 만들지 말고."

안타깝지만 현호가 기억하는 송승국은 연기력 논란이 많은 배우였다.

"근데 아까 보니 어수선하더라. 사무실 이전한 지 얼마 안 돼서 그런가?"

현호는 사무실에 들어오던 중에 여기저기 널려 있던 서류들을 눈에 담았다.

다시금 기억을 떠올리자, 현호는 좀 전 문을 열고 이곳에 들어오는 그 순간으로 돌아가 있었다.

그는 고개를 돌려 널려 있는 서류들에 다가갔다. 그리고 서 있는 여직원을 지나갔다. 그녀의 짙은 화장, 작은 얼굴의 솜털을 스쳐보며 서류를 손에 집었다.

2단계 능력을 거쳤기에 서류의 질감과 무게감을 느끼며 들어 올릴 수 있었다. 이는 경험과 상상이 더해진 결과물이었지만 서류의 내용은 분명히 볼 수 있었다.

세무서에서 날아온 수정 신고 안내문이었다.

그러고 보니 최근 연예기획사에 대해서 수정 신고 안내문이 나갔다고 얼핏 들었는데 여기도 받은 모양이었다.

금번 수정 신고 건은 기획사 쪽의 매출 금액과 거래 상대방의 경비 처리 금액이 차이가 있는 곳만을 추려 자료를 처리한 거라 예외가 없었다.

아마 이번 수정 신고 시 매출 신고가 늘어나게 될 것인데, 세무서에서 거기에 따른 경비를 인정해 주느냐 안 해주느냐에 따라서 회사의 세금 부담이 커질 것이다.

한마디로 조금 답답한 상황이었다.

수정 신고 안내문을 내려놓자 이번에는 책상 위의 기안서(起案書) 한 장이 현호의 눈에 띄었다.

'금진은행?'

현호는 손을 뻗으려다가 관두고 다시 눈을 한 번 깜빡였다.

그러자 주변 풍경이 사라지고 송승국이 미소와 함께 입을 여는 모습이 눈에 들어왔다.

"오늘 담당 세무사가 오거든. 그래서 서류들 꺼내놓았나봐."

"아, 그래?"

직업상 약간의 호기심이 일었지만 이 자리에서 할 얘기는 아니었다.

"야, 너 옛날 생각 나냐?"

송승국은 국민학교 시절을 떠올리며 시종일관 즐거운 얼굴이었다.

현호는 송승국 앞에서 단 한 번도 미간을 찌푸리지 않았다. 가까운 지인에게까지 능력을 사용할 필요는 없었다.

"이제 가봐야겠다."

현호가 자리에서 일어나자 송승국이 잠시만 기다리라며 옷을 챙겨 입었다.

"왜?"

"나도 같이 가자. 데려다 줄게."

"어디를."

현호가 됐다고 손을 가로저었지만 송승국은 한사코 데려다주겠다며 고집을 부렸다. 결국 한성훈이 운전을 했고 현호의 집 앞에 차를 세웠다.

"나 주말에 촬영 없거든. 그때 한잔하자."

"그러자."

현호가 고개를 끄덕이며 작별 인사를 나누려는 그때였다.

인기척이 느껴져 고개를 돌리니 멀리서 여동생 차미숙이 오고 있었다.

"아는 애야?"

"내 여동생."

"네 여동생이면 내 여동생이기도 하지."

"됐어, 인마. 몇 살 터울이라고."

현호의 만류에도 불구하고 송승국이 뒷주머니를 뒤적였다. 그러다가 매니저를 향해 외쳤다.

"형? 내 지갑 어디 있어?"

"뒷좌석에 있겠지."

차에서 내리지 않은 한성훈이 말했다. 송승국이 차 안으로 들어간 사이, 미숙이가 현호에게 가까이 왔다.

"여기서 뭐 하시냐?"

그녀가 삐딱한 시선으로 물었다. 현호는 그녀를 위아래로 훑으며 되물었다.

"그러는 댁이야말로 오늘은 야자 안 하시나?"

"목, 금은 학원 때문에 빠지거든."

미숙이 삐죽 입술을 내밀었다. 어렸을 적에는 학원에 가지 못한다고 울고불고했었건만, 이제는 학원이 싫은 모양이었다.

"아, 찾았다."

지갑을 찾은 송승국이 차에서 내렸다. 그를 무심히 돌아보던 미숙이의 눈이 순간 동그래졌다.

"소, 송승국?"

놀란 미숙이가 입술을 바르르 떨었다. 송승국이 미소와 함께 지갑에서 만 원짜리 몇 장을 꺼내 건넸다.

"나 오빠 친구인데. 자, 용돈."

"치, 친구요? 이 인간… 아니, 우리 오빠하고요? 예에?"

현호는 고개를 절레절레 흔들었다. 그게 그렇게 놀랄 일인가 싶었지만 미숙이는 도저히 믿기지 않는다는 얼굴이었다.

"그럼, 나 갈게. 동생도 잘 있어요."

송승국이 떠나고 현호는 뒤돌아 집으로 향했다. 뒤에서 넋놓고 서 있던 미숙이가 갑자기 비명을 지르고 방방 뛰었다.

"꺄! 나 지금 송승국 만났어!"

그러더니 냉큼 현호를 쫓아와 캐묻기 시작했다.

"오빠가 송승국을 어떻게 알아?"

"말했잖아. 나 연예인 친구 있다고."

오늘 아침에도 밥 먹으면서 그런 얘기를 했었다. 오랜만에 친구를 만났는데, 그 친구가 요즘 방송에 자주 나오는 친구다, 라고.

그랬더니 미숙이 왈, 그러면 내 친구는 심은희다.

그 말에 현호와 아버지가 동시에 수저를 내려놓으며 눈을 흘기고 말했었다.

'감히 어디서 심은희를.'

그랬었는데, 지금 미숙이는 송승국을 만나자 제대로 충격을 받은 모양이었다.

"오빠, 송승국 자주 데려와."

"응?"

현호가 눈을 찌푸리고 미숙이를 돌아봤다. 그녀가 재수 없게 몸을 배배 꼬고 있었다.

"걔 바빠."

현호는 딱 잘라 말했다.

"알았으니까 자주 데려와. 나 있을 때."

"왜?"

"내가 꼬실 거야. 결혼해야지."

사람이 가끔 너무 어이가 없으면 말문이 막힌다. 지금 현호가 그런 상태였다.

*   *   *

다음 날, 출근한 현호는 문득 호기심이 들어 J 프로덕션 서류를 찾아봤다.

'이상하네.'

J 프로덕션의 신고가 없었다. 보관 캐비닛 내의 서류철을

다 살펴봤지만 없었다.

사업장을 이전하면 법인 등기를 새로 하고 기간 내에 세무서에 사업장 주소 정정 신고를 해야 한다. 청담동은 강남세무서의 관할이니 다른 세무서에 신고가 들어갔을 리도 없었다.

'에휴, 컴퓨터로 사업자 등록번호 딱딱 치면 나오는 것을.'

머지않아 그런 날이 오긴 할 테지만.

'흠……. 없네.'

어쩌면 아직 이전 신고를 못 했는지도 모른다.

그게 아니라면 벌써 담당자가 배정돼 서류를 가지고 있는지도 모르고.

결국 현호는 더 이상 서류철을 뒤적일 엄두가 나지 않아서 이내 포기해 버렸다.

'뭐, 별것도 아닌 일인데.'

크게 생각지 않고 일어선 현호는 문득 마영환의 빈자리를 바라봤다. 아침에 나간 그가 점심시간이 지난 지금까지도 들어오지 않고 있었다.

현호는 복도의 자판기에서 커피 한 잔을 뽑아 창가에 어깨를 기대고 밖을 바라봤다.

그러다 주차장에 차가 멈춰서는 것을 볼 수 있었다. 그 안에서 마영환이 내렸고, 잠시 뒤 운전석에서 한 사람이 내렸다.

'장선자?'

이상한 일이다.

그녀가 왜 마영환 조사관과 함께 있는 걸까.

22장

그림자의 꼬리

마영환이 사무실에 돌아왔다. 그는 먼저 코트를 벗어 옷걸이에 걸어둔 뒤에 바닥에 가방을 내려놓고 의자에 앉았다.

"이제 들어오세요?"

"차 조사관, 너무 노는 것 같아?"

마영환은 재미없는 농담과 함께 미소를 띠고 밖에서 붙여온 찬바람을 털어내려 앞머리를 흔들었다.

현호는 유독 눈에 띄는 그의 새치를 바라보다가 고개를 돌리는 중에 이마를 찌푸렸다.

"J 프로덕션?"

마영환이 가방에서 꺼내 책상에 올린 서류 위에 현호가 그토록 찾아도 없던 사업자 등록증이 있었다.

좀 더 자세히 보려 현호가 눈을 기울이자, 서류를 꺼내던 마영환이 얼굴을 들어 말했다.

"별거 아니야. 점심 먹었나?"

"예."

마영환의 표정은 자연스러웠다. 그 얼굴에서 부조화를 찾아보려고 했지만 별다른 점은 눈에 띄지 않았다.

그저 마영환은 장선자와 함께 왔고, J 프로덕션 서류를 가지고 있었을 뿐이었다.

한데 그 사실이 묘하게 걸렸다.

"여기, 장선자 세무사님이 관리하는 곳인가요?"

혹여나 하는 생각으로 현호가 묻자 마영환은 잠시 그를 보다 되물었다.

"어떻게 알았어?"

"우연히요. 지난번에 장선자 세무사님이 찾아왔거든요."

"그래?"

마영환의 질문은 여기까지였다.

하다못해 현호에게 장선자 세무사를 어떻게 아냐는 질문을 해올 수도 있었지만 그러지 않았다. 그 말인즉, 이미 알고 있다는 뜻일 수도 있었다.

현호는 담배와 라이터를 챙겨 자리에서 일어났다.

등 뒤에서 마영환의 시선이 느껴졌지만 그는 개의치 않고 사무실을 빠져나왔다.

외과 휴게실로 나오자마자 담배부터 입에 물었다.

"후……."

길게 내뿜은 연기가 머릿속에 고인 생각과 함께 하늘로 치솟았다.

'됐다. 신경 끄자.'

현호는 마영환과 장선자를 신경 쓰지 않을 생각이었다.

두 사람이 어떤 관계인지 지레짐작해 파고들 생각 역시 없었다. 마영환의 인간미가 마음에 들어서가 아니다. 장선자와의 인연 때문도 아니었다.

그 둘의 일은 현호에게 있어 아무런 상관도 없었다.

애초 이도필의 비리 사건을 캔 것도 계획과는 미묘하게 어긋난 부분이었다.

'아, 맞아.'

현호는 서둘러 담배를 꺼버리고 계단을 가로질러 내려갔다. 직원들이 그를 스쳐봤지만 개의치 않고 지하 창고로 향했다.

원래는 운영지원과가 있던 곳이었는데, 서장이 바뀌면서 운영 지원 인력을 위로 올리고 빈 공간이 됐다. 하지만 전화기는 여전히 놓여 있었다.

현호는 수화기를 들어 상대방 삐삐에 호출 메시지를 남기고 전화를 기다렸다.

'과세가 붙었다 해도 30억대 세금이면 못 해도 백억 대인데,

대체 무슨 잘못을 했기에.'

한두진의 사연을 떠올리는 사이 전화가 울렸다.

따르릉.

ㅡ어, 현호야.

전화를 건 사람은 세무대학 출신이자 기숙사 사감 조교를 지냈던 백기룡이었다. 현재 그는 국세청에 적을 두고 있었다.

비단 백기룡뿐 아니라 현호가 마음만 먹으면 어디에서든 정보를 얻을 수 있었다. 국세 라인에 세무대학 출신들이 고루 퍼져 있기 때문이다.

"형, 뭐 하나만 물어보려고요."

ㅡ뭔데?

"혹시, 2년 전쯤에 30억대 세금 추징 사건이 있었어요? 이름이 한성준이라는데."

* * *

mbs 보도국.

"선배, 뭐 보고 있어요?"

mbs 기자 최복규는 등 뒤에서 갑자기 고개를 들이민 윤아리로 인해 진땀을 흘렸다. 그 때문에 보고 있던 스크랩북을 서둘러 덮었다.

"뭔데요?"

"알 거 없거든?"

자리에서 일어선 그가 커피나 마셔야겠다며 밖으로 나가자 윤아리가 힐끗 주변을 살핀 뒤 스크랩북을 펼쳤다.

"자유당 한성준 의원 세금 추징?"

"야!"

최복규의 고함에 윤아리는 재빨리 스크랩북을 덮고 헤, 하고 웃음으로 상황을 모면하려 했다. 최복규는 찌푸린 얼굴로 그녀를 바라보고는 복도로 나갔다.

자판기로 향하는 그의 얼굴이 좀 전보다 한층 더 찌푸려졌다.

'형, 혹시 자유당 의원 중에 한성준이라고 알아요?'

좀 전에 최복규가 스크랩북을 펼치며 상념에 사로잡혀 있었던 이유는 센터대에 다니는 사촌 동생의 전화를 받았기 때문이었다.

'자유당 한성준 의원.'

2년 전 30억이라는 거액의 세금을 추징당하는 과정에서 그는 뇌졸중으로 세상을 떠났다. 문제는 그 세무조사를 지시한 게 윗선이라는 점이었다. 한마디로 한성준은 정치권의 타깃이 되어 총을 맞은 것이다.

최복규가 그 사실을 알게 된 것은 당시 우연찮게도 한성준 의원을 여러 차례 인터뷰를 한 적이 있었는데, 그로 인해 조금이나마 서로가 마음을 터놓았었기 때문이다.

그런데 사람 인생은 모른다고 그 정정하던 양반이, 절대 안 망할 것 같았던 그 집안이 순식간에 망해 버렸다.

한성준 의원은 뇌졸중으로 비명횡사했고, 아내는 정신이 나갔다. 그 아들은 잘 다니던 학교도 그만두었다.

'그때……'

최복규는 당시 그에 관한 기사를 쓰고도 폐기해야 했다.

현 정권이 자유당 국회의원을 타깃으로 세무조사를 명하고 그를 무너뜨리려고 한다는 사실을 폭로한 기사였지만 어쩔 수 없는 일이었다. 문제가 있었기 때문이다.

한성준 의원의 세무조사가 부당하게 시작됐다고는 해도, 세금 부과 자체가 부당한 것은 아니었다.

한성준 의원은 가족과 타인 명의로 부동산을 가지고 있었다.

일차적으로는 정치자금 및 개인 재산 축척이 문제였으며, 이차적으로 부동산실명법 위반이었다.

물론 이는 돈 있는 자들이라면 누구나 자행했기에 한성준 의원만을 비난할 수는 없는 노릇이었다.

어찌 됐든 당시 그 기사는 서랍에 밀어 넣었고, 한성준 의원은 아스러졌다.

'그런데 왜 그 녀석이.'

그 사건을 궁금해하는 걸까.

최복규는 차현호를 잘 알고 있었다. 전설로 남은 학력고사 현장을 촬영한 이가 바로 그였으니까. 그때의 흥분과 전율은 아직도 잊히지 않았다. 그 뒤로 그는 차현호를 계속 지켜보고 있었다.

'후……'

팔뚝에 서린 닭살을 쓸어내리며 최복규는 자판기에서 커피를 꺼냈다. 그러고는 담배 한 대를 물고 다시금 생각을 이었다.

'차현호가 그 사건에 관심을 두고 있다?'

최복규가 아닌 다른 이였다면 이처럼 차현호를 신경 쓰진 않았을 것이다.

녀석은 이제 막 스무 살이고, 한성준 의원 사건은 이미 지나간 일이니까.

하지만 최복규는 달랐다.

한 사건을 두고도 보는 관점에 따라서 해석이 달라진다.

한발 더 나아가 최복규는 한성준 의원 사건이 아닌 차현호에게 중심을 두고 있었다.

차현호가 누구인가.

세상 사람 대부분이 모르지만, 차현호는 창원세무서의 비리 공무원 둘을 아작 냈다. 그것도 올 초 연수생 시절에 말이다.

더구나 얼마 전에는 월연이라는 고급 요정 사건까지.

기사는 보도 제한이 걸렸지만 최복규는 그 사건에도 차현호가 엮여 있다는 것을 잘 알고 있었다.

'차현호.'

믿을 수 없는 행보를 보이는 그런 인재가 과거, 그것도 정치권이 연루된 사건에 관심을 갖고 있다.

그 말이 뜻하는 바는 무엇일까.

*   *   *

퇴근 시간이 되자 현호는 가방을 챙겨 퇴근을 서둘렀다.

"택시."

곧장 택시를 잡은 현호는 바로 논현동으로 넘어갔다. 방호식의 어머니가 운영하는 식당이 있는 곳이었다.

"어머니, 잠깐 얘기 좀 하고 갈게요. 문 안 닫으셔도 돼요."

"그래."

방 안으로 들어가니 방호식이 책상에 앉아 두꺼운 법전을 보고 있었다. 현호를 본 그는 법전을 덮고 물었다.

"왔냐?"

"어우, 춥다."

현호가 따뜻한 방바닥에 손을 갖다 대며 엉덩이를 붙였다. 그 모습을 보며 방호식은 미소를 시작으로 얘길 꺼냈다.

"현호야, 이번 일은 아니다."

"예."

현호는 이날 하루 한성준의 세금 추징에 대해서 알아봤다. 그 결과, 그 건에 손을 대서는 안 된다는 결론이 나왔다.

한두진에게는 미안한 일이지만 괜스레 끼어들었다가는 찬대미에 역풍이 몰려오는 위험한 일이 될 수도 있었다.

그렇다고 딱히 해결 방안이 있는 것도 아니었다.

민사로 가 세금 추징 절차에 문제가 있다고 주장을 한들, 세무 당국은 그저 문제 부분을 수정해 적합한 절차로 새로 추징하면 그뿐이기 때문이다.

'하지만 딜은 가능한데.'

정치적으로 해결된 일은 쉽게 가라앉지 않는다. 새로 파면 다시금 수면으로 떠오른다. 또한 수면에 떠올랐을 때 불편해할 이들이 분명 있을 것이다.

물론 문제는 그 불편해할 이들이 너무 높은 곳에 있다면 딜을 하려다 목숨 줄이 끊어질 수 있었다.

'10년.'

어림잡아 앞으로 10년이다.

찬대미 회원들이 사회 전반에 자리를 잡으려면 서른의 나이는 돼야 한다는 얘기다.

'그건 너무 길어.'

이제 현호는 행보를 분명히 해야 했다.

연락이 없는 박거성을 포기하고 다른 라인을 찾을지, 아니면 직접 움직일지를 결정해야 했다. 그도 아니면 강남세무서에서 쥐 죽은 듯이 지내며 남들과 다름없는 평범한 일상을 보내야 한다.

"근데 너, 박한원 의원하고 무슨 딜을 했어?"

지난번 박한원은 현호에게 원하는 것을 말하라고 했다. 그리고 현호는 그에 대한 답을 건넸었다.

"딜이요."

"뭐?"

"딜. 언제든 원하면 박한원 의원과 딜을 할 수 있는 자리를 다시 마련해 달라고 했습니다. 그게 제가 원했던 그때의 딜이었습니다."

"허."

방호식은 피식 웃었지만, 이내 천천히 고개를 끄덕였다. 현호는 얘기를 계속했다.

"지금 당장 우리가 박한원에게 손을 빌릴 필요는 없어요. 정치적으로 엮인 것도 아니고, 돈에 얽매인 것도 없으니까."

"그러다 나중에 박한원 의원이 어떻게 될 줄 알고?"

정치인의 생명은 언제 끝날지 알 수 없다. 박한원이 사라진다면 괜스레 좋은 패만 날리는 것이다.

다만 현호가 기억하기론 박한원은 앞으로 대통령이 두 번이 더 바뀔 때까지도 한누리당의 실세로 남아 있다.

"그건 걱정 마세요."

"그나저나 너 특무부는 어떻게 되는 거야?"

방호식이 다시 물었다. 그때 문이 열리고 밥상이 들어왔다.

"많이들 먹어."

"감사합니다, 어머니."

얼큰한 부대찌개에 소주잔을 기울이며 현호는 못다 한 얘기를 다시 꺼냈다.

"특무부로 가야겠어요."

결정을 했다. 특무부로 간다.

강남을 벗어나기에는 계획보다 이르지만 이미 물살은 거세졌다. 그게 아니면 강남 내 기업들을 다 때려 부술까. 아니, 세금 추징 신기록이라도 세울까.

못 할 것은 없지만 아직 세상의 주목을 받을 시기는 아니다.

"그럼 이제 어떻게 할 생각이야?"

방호식이 소주병을 기울여 현호의 잔을 채우고 물었다.

잠시 동안 현호는 잔을 쥔 채로 어떤 말도 하지 못했다. 그러자 방호식이 다시 입을 열었다.

"현호야, 난 말이다. 아직도 그때가 생생해. 네가 우리 앞에서 했던 얘기."

방호식의 눈동자에는 맑은 기운이 흘렀지만 그 이면에는 짙은 결의가 담겨져 있었다.

"그러니까 고민하지 마라. 네 말대로 고 해. 고 하라고."

현호는 고개를 끄덕이고 소주를 입에 털었다.

한 잔으로 부족해 다시 한 잔을 넘기고서야 어금니를 힘껏 깨물었다.

'그래, 어차피 한 번 살아본 인생.'

현호는 눈을 찌푸리며 장라희를 떠올렸다. 그녀에게 미안해서였다.

'장명준을 넘어뜨린다.'

그것이 현호가 찾은 답이었다.

"춥네요."

겨울이라 그런가. 으슬으슬 한기가 밀려온다.

현호는 추위를 밀어내려고 소주 한 잔을 재차 입에 털어 넣었다.

∗　　　　　∗　　　　　∗

"이거 누가 가져다 놓은 거야?"

출근한 봉준석이 고개를 갸우뚱거리며 자신의 책상에 놓인 김밥 한 줄을 손에 쥐었다.

가만히 보니 다른 조사관들 책상에도 김밥과 음료수가 놓여 있었다.

"차 조사관이 쏘는 거야. 다들 좀 잘해줘."

"쳇."

마영환이 모두에게 들으랍시고 목소리를 높이자, 봉준석은 못 만질 것을 만지기라도 한 것처럼 손에서 김밥을 내려놓았다. 괜스레 찝찝해서 이마를 찌푸린 채 동료를 돌아보고 물었다.

"차 조사관 어디 갔는데?"

창가 옆 차현호의 자리가 비어 있었다.

"서울청에 올라갔어. 서장님이 심부름 보냈다던데? 모르지, 누구 하나 또 잡을는지."

동료의 얘기를 들으면서도 봉준석의 시선은 여전히 차현호의 빈자리에 꽂혀 있었다. 유독 차현호의 책상만이 말끔히 비어 있었다.

하긴, 일을 맡기는 게 없으니 말끔할 수밖에 없었다.

'에이, 찝찝하게.'

봉준석이 차현호에게 악감정을 가진 건 아니었다. 더 나아가 차현호가 잘못을 저지르지 않았다는 것도 인정할 수 있었다.

차현호가 서울청의 끄나풀이라고 뒷말을 해왔던 동료들 사이에서도 그가 한 일이 틀린 건 아니지 않냐는 얘기가 나오는 게 사실이었다.

'그래도 동료를 배신하는 건 아니지.'

하지만 그렇게만 따지면 이도필 라인이 다른 동료들을 살뜰히 챙긴 것도 아니었다.

어찌 됐든 차현호라는 존재가 여러 사람을 불편하게 하는 건 사실이다.

'그런데… 조금 웃기네.'

봉준석은 고개를 들어 마영환을 바라봤다.

다들 쉬쉬하고 있었지만 마영환은 이전부터 대부분의 직원이 기피하는 인물이었다.

청렴하다고 소문은 났지만 그 소문의 근원지를 알 수 없었다. 그저 혼자서 다니고, 혼자서 조용조용하게 지내는 인물이었다.

그런 인물이 차현호에게는 먼저 다가간 것도 모자라서 잘 챙겨주라고 당부까지 하고 있었다.

'대체 뭔 조화인지.'

봉준석은 다시금 차현호의 빈자리를 바라봤다.

그 자리에 차현호가 돌아온 건 퇴근 시간이 가까워서였다.

*　　　　　*　　　　　*

현호는 오후가 돼서야 강남세무서에 돌아왔다. 유독 오늘따라 피곤이 어깨를 짓눌렀다.

'5시 30분이라……'

현호는 사무실 벽시계를 보며 얼굴을 쓸어내리고 지나온 하루를 되짚었다.

오전에 장명준이 불러들여 서울청에 다녀왔다. 간 김에 황주혜까지 만나고 왔다.

장명준의 사무실에는 지금까지 그가 걸어온 행보와 업적들이 가득했다. 상패와 감사패가 수두룩했고, 조사4국장이라는 직함이 찍힌 명패는 단단한 힘이 넘실거렸다.

조사 인력만 100명이 넘는 서울청 조사4국.

장명준는 그곳의 수장이었다.

비록 업무를 처리하는 데 있어 검경처럼 강압적이지는 못할지라도 결국에는 세금을 추징당하는 기업 입장에서는 염라대왕보다 무서운 이가 조사4국장이었다.

"그래, 충도가 찾아갔었다고?"

질문만 두고 보면 장명준은 이미 두 사람이 만난 사실을 알고 있는 상태였다.

"예, 왔었습니다."

현호 역시도 굳이 숨기지 않았다. 사실 장명준이 모른다는 게 이상한 일이다.

새로운 강남세무서장은 장명준의 사람이었고, 현호를 찾아온 장충도 역시도 자신을 감추지 않고 강남세무서를 찾아왔었다.

"그래서 자네 생각은 어떤가?"

이어진 질문과 함께 장명준은 현호를 뚫어지게 바라봤다. 미소 하나 없는 건조한 시선이었다.

"전 두 분 사이에 끼고 싶지 않습니다."

현호도 빙빙 돌려 말하지 않았다. 장충도와 장명준의 게임에 낄 생각은 없었다. 장기짝이 되는 것은 한 번뿐이었다.

하지만 장명준은 지금의 대답을 다른 의미로 받아들인 듯했다. 현호가 장충도가 아닌 자신을 택했다고 생각하는 표정이었다.

"좋아……. 근데 라희 하고는 그냥 동기인 건가?"

현호는 장라희 얘기가 갑자기 나오자 당황스러웠지만, 길게 생각할 필요는 없었다.

"예, 동기입니다."

장명준이 무슨 생각을 하는지는 어렴풋이 알 것 같았다. 하지만 현호는 분명하게 말할 수 있었다. 그녀와는 아무런 사이도 아니다.

"그럼 황주혜는?"

"주혜는……."

현호가 입을 열려는 때였다. 사무실 문이 벌컥 열리고 누군가 들어왔다.

고개를 돌린 장명준이 눈을 번쩍 뜨고 일어났다.

"청장님!"

국세청장 안정호.

그는 강남세무서에서 시작해 서울청을 거쳐 국세청장에 오른 인물이었다.

안정호는 장명준과 악수를 나눴고, 이어서 곁에 있던 현호를 향해 악수를 청하며 물었다.

"자네가 차현호인가?"

그 말에 장명준이 대신 대답했다.

"강남세무서 법인세과에 있습니다."

"왜? 서울청으로 부르지? 듣자 하니 이번에 장 국장을 도와서 큰일 했다며?"

"아닙니다. 장명준 국장님이 시킨 대로만 한 것뿐입니다."

현호는 고개를 가로저었다. 장명준은 대답이 마음에 들었는지 흡족한 미소를 띠고 그의 어깨를 두드렸다.

"똑똑한 친구입니다. 앞으로 크게 될 친구예요."

"세무대학 출신이라고?"

"예."

현호의 대답에 안정호의 눈주름이 엷게 찌푸려졌다.

일부 국세청 직원 중에는 세무대학 출신들을 고깝게 생각하는 이도 있었는데, 같은 세무 공무원임에도 세무대학 출신들은 학연이라는 그들만의 리그를 가졌다는 이유에서였다.

"세무대학에 인재가 많지. 내가 앞으로 지켜볼 거야."

안정호와 장명준을 뒤로하고 현호는 서둘러 사무실을 빠져나왔다.

이어서 황주혜를 찾아가자, 그녀는 현호가 부탁한 한성준 세금 추징 건의 자료들을 내밀었다.

"신기하네."

"뭐가?"

황주혜는 서류들을 빠르게 눈으로 훑고 넘기는 현호의 모습을 호기심 어린 시선으로 쳐다봤다. 그도 그럴 것이 볼 때마다 그의 능력이 신기했다.

"어떻게 그걸 다 기억해?"

그녀가 피식 웃으며 입꼬리를 올렸다.

현호는 자신의 능력을 황주혜와 방호식에게만은 감추지 않았다.

대학 1학년 모의 세무조사에서 같은 조를 했었고, 발표에서는 상상도 못 한 일을 벌였다.

그랬기에 두 사람에게만은 숨김없이 자신의 기억에 대한 부분을 알려주었다. 물론 순수하게 기억에 관한 부분만이었다.

탁.

현호는 서류를 모두 내려놓았다.

일단은 머리에 담아만 두고 돌아가서 차분히 살펴볼 요량이었다.

"말했잖아. 내용을 이해하는 건 아니라고."

현호는 얘기를 끝내고 옷깃을 털며 일어났다. 볼일이 끝났으니 가봐야 했다.

"갈게, 수고해라."

"같이 나가."

황주혜가 배웅해 주겠다며 엉덩이를 들썩였지만 현호는 고개를 가로저었다.

"됐어, 나오지 마."

불만 어린 시선을 보이는 그녀를 뒤로하고 현호는 서둘러 서울청 건물을 빠져나왔다.

*　　　　*　　　　*

서울청에서의 기억을 뒤로하고 현호는 책상 위에 있는 전화기를 향해 손을 뻗었다.

―여보세요?

수화기에서 장선자의 목소리가 들리자 현호는 바로 김밥 할머니에 대해 물었다.

―그 나대지, 그냥 두시기로 했나 봐요.

"그냥 둬요?"

―예, 그리고 며칠 전에 고향으로 내려가셨어요.

"그래요?"

―왜요? 할머니 연락처라도 알려드릴까요?

현호는 괜찮다는 말을 끝으로 전화를 끊었다. 별것 아닌 일임에도 조금 신경이 쓰였을 뿐이었다.

'차라리 땅을 팔지 말라고 할 걸 그랬나.'

할머니의 연세를 생각하면 손녀에게 물려주는 것도 고려해 봄 직했다.

별다른 재산이 없이 땅과 약간의 예금만 있다고 하면 기본 5억까지는 상속세가 나오지 않는다.

게다가 전부터 가지고 있던 땅의 경우, 취득 가격이 낮아 매매가와 차이가 커 양도 소득세가 많이 나올 수 있는데, 손녀한테 상속되면 상속 시점에 취득 가격이 새로 평가되기 때문에 취득 가격이 올라갈 수 있다.

그리고 취득 가격이 올라가면 결과적으로 양도소득세는 할머니가 팔 때보다 훨씬 줄어든다.

그러니 당장 돈이 필요한 게 아니면 굳이 팔 이유가 없는 땅이었다.

'하… 지금 이게 중요한 게 아닌데.'

할머니에 대한 생각을 이을 때가 아니었다. 당장 중요한 것은 다른 데 있었다.

과거 한성준의 30억 세금 추징 건은 예상대로 장명준 국장이 있는 서울청 조사4국이 나서 처리한 일이었다.

예전부터 조사4국은 정치적인 사건이나 규모가 큰 사건을 주로 담당하는 편이었다.

사실상 정권의 입김이 닿는 곳이 조사4국이란 얘기다.

청와대 특명반이라니, 국세청장 직할 부대라는 별칭이 괜히 붙은 게 아니다.

현호는 이번에 서울청에 들어가 그 같은 부분을 분명하게 눈으로 확인하고 왔다.

'안정호 국세청장이라……'

오늘 현호는 특무부에 대한 자신의 소신을 얘기했다.

장명준은 그것을 현호가 특무부에 가지 않겠다는 뜻으로 받아들였는지는 모르겠지만, 현호가 얘기한 것은 자신만의 방식으로 특무부에 가겠다는 뜻이었다.

그리고 찬대미 회원들에게도 알렸듯이 현호는 장명준을 아예 특무부 후보에서 끌어내릴 생각이었다.

그에게 개인적인 감정은 없다.

단지 특무부가 이대로 유지되어야 한다는 장충도의 의견에 일정 부분을 동의했고, 특무부라는 불확실성에 모험을 걸어볼 만하다는 계산이 내려졌을 뿐이었다.

'모험……'

어느 순간부터 현호는 자신도 모르게 안전한 방향만을 가려하고 있었다. 그와 함께 생각도 많아졌고, 그런 점들이 행동에 제약을 주고 있었다. 그렇지만 이제는 결정을 내렸다.

"퇴근 안 해?"

현호는 들려온 소리에 고개를 들었다. 봉준석이었다. 처음으로 그가 사무실에서 말을 걸어온 것이다.

"아, 예. 먼저 들어가세요."

봉준석은 대꾸 없이 뒤돌아 법인세과를 빠져나갔다. 그 모습을 보며 현호는 피식 웃었다.

'말 한마디가 뭐라고.'

왠지 기분이 좋아졌다.

잠시 뒤 현호는 가방을 챙겨 강남세무서를 빠져나왔다. 버스 정류장으로 향하려는데, 누군가 그를 멈춰 세웠다.

"차현호 조사관님?"

"누구시죠?"

낯선 사람이 다가오자 현호는 빠르게 기억을 훑었다. 딱히 일치하는 기억은 없었지만 남자의 목소리는 귀에 익었다.

"아, 구운이 형의 사촌 형님 되시죠?"

mbs 기자 최복규.

현호는 목소리로 그를 유추해 냈다.

"반가워요."

최복규는 미소 띤 얼굴로 현호와 악수를 나눴다.

두 사람은 근처 술집으로 자리를 옮겼다. 남자 둘이 방에서 이야기를 나누기에는 술자리만 한 장소가 없다.

"지난번에는 감사했습니다."

현호는 창원세무서 건을 기사로 내준 최복규에게 고마움을 표했다. 그때는 나중에 신세를 갚겠다고 말은 했지만, 솔직히 맨입으로 쓱싹한 것과 다름없었다.

"아니에요. 나도 그 사건으로 덕 좀 봤는걸 뭐, 하하."

술잔이 오고 갔다.

"실은 후배가 논현동에 취재 나왔는데……."

최복규가 말꼬리를 흐리자 현호가 흔쾌히 고개를 끄덕였다.

"오시라고 하세요. 오늘은 제가 쏩니다."

"하하, 그럼 얼른 불러야겠네."

잠시 밖으로 나간 최복규가 카운터에서 전화를 하고 다시 방으로 돌아왔다. 후배라는 사람이 올 때까지 얘기가 이어졌다.

"근데 그냥 오신 것 같지는 않네요?"

먼저 술 한 모금을 입에 문 현호는 미소와 함께 최복규를 바라봤다.

엊그제 찬대미 김구운은 자신의 사촌 형인 최복규 기자에게 한성준 의원 건에 대해 물었고, 그 덕에 현호는 한성준 의원에 관한 몇 가지 사실을 추가로 알 수 있었다.

그리고 오늘 서울청에서 만난 황주혜 덕분에 현호는 한성준 의원의 세금 추징 내역까지도 확인할 수 있었다.

"아, 잠깐만요."

최복규는 들고 온 가방에서 서류 뭉치를 꺼내고 심호흡을 했다. 얼굴 표정이 굳어지는 것을 보니 보통 물건이 아닌 듯 보였다.

"금진은행이라고 있어요."

"금진은행이요?"

순간 현호는 미간을 찌푸렸다. 송승국의 소속사에 갔을 때 본 서류들 중에 금진은행이라고 적힌 기안서가 있었다. 물론 여태 들어본 적 없는 은행이었다.

"경남 쪽에 적을 둔 은행인데, 그 은행이 한성준 의원 사건과 관련돼 있습니다."

"그게 무슨 말인가요?"

"허위 대출이라고 들어봤습니까?"

허위 대출.

이는 말 그대로 은행에서 허위로 대출해 주는 것으로, 의미 없는 담보물이나 신용 등급을 조작해서 대출을 승인해 주는 방식이다.

당연히 그에 상응하는 뒷돈은 은행이 챙기는데, 문제는 이런 식의 대출은 회수가 거의 불가능하다는 점이다.

훗날 이로 인해 제2금융권 은행들이 줄지어 도산하는 사태가 벌어진다.

"뭔지 아는 눈치네요?"

최복규는 오히려 현호가 뭔가를 아는 듯 보이자 내심 놀라는 중이었다.

"대충은요. 근데 그게 한성준 의원과 무슨 연관인가요?"

"말하자면 긴데……."

최복규는 서둘러 컵에 물을 따르다가 잠깐을 못 참고 잔에 담긴 소주를 원샷했다.

"일단 그건 서류에 있으니까 나중에 보시고, 실은 내가 찾아온 건 그 은행이 지금도 계속해서 허위 대출을 하고 있기 때문이에요. 더구나 이번에는 연예 기획사들도 연루됐고."

"연예… 기획사요?"

현호는 이마를 기울였지만, 사실 그런 거야 금감원이 알아서 할 일이었다.

하지만 얘기를 들으니 시나리오가 대충 머릿속에 그려졌다.

"연예인들을 담보물로 잡는 건가요?"

"그렇죠."

현호의 추측에 최복규가 무릎을 탁 하고 내려쳤다. 그러더니 이마에 주름을 가득 잡고 현호에게 조심스럽게 물었다.

"강남세무서 관할지니까 아시겠네. J 프로덕션이라고 들어보셨죠?"

"예?"

순간 현호의 눈이 일그러졌다. 헤어질 때 본 송승국의 마지막 미소가 눈앞을 스쳐 갔다.

"J 프로덕션이요?"

최복규의 얘기에 현호는 정신이 번쩍 들었다.

식당에서 송승국을 만나고, 매니저 한성훈이 세무서를 찾아오고, J 프로덕션에 방문했던 일련의 일들이 현호의 눈앞을 스쳐 갔다.

마침 드르륵 문이 열리고 최복규의 후배가 도착했다.

"왔어? 서로 인사해요. 여기는 차현호 씨, 여기는 mbs 정치부 윤아리 기자."

현호는 그녀와 악수를 나눴다. 늘씬한 서구형 체형의 미인이었다. 손은 가늘고 피부가 유달리 하얀 게 인상적인 여자였다.

짧은 악수가 끝나자 여자는 코트를 벗었다. 어깨에 둘러맨 가방을 내려놓고, 그녀는 현호의 맞은편에 앉으며 생긋 미소를 보였다.

"구면이네요."

안면이 있다는 말에 현호의 눈썹이 구부러졌다.

"그래요? 우리가 어디서 봤죠?"

"93년도 대입학력고사 시험장에서요."

"아."

그제야 현호는 어렴풋이 기억을 떠올렸다. 당시 그는 교통 사고를 당했었다. 그래서 드문 경우지만 그날의 일이 머릿속에 자리 잡지 못했다.

자신을 '윤아리'라고 소개한 여기자는 성격이 무척 화통했다. 폭탄주를 만든답시고 소주병을 흔드는 것을 보니 여간내기가 아닌 듯 보였다.

현호가 빤히 바라보자 그녀가 깔깔 웃으며 말했다.

"저한테 넘어오시면 안 돼요. 저를 좋아하는 사람이 너무 많거든요."

"하하……."

현호는 그녀가 말아준 폭탄주를 입에 물었다. 한 모금을 꿀 꺽 넘기고 기분 좋게 얼굴을 찌푸리며 말했다.

"좋아하는 사람이 그리 많으시다니, 저는 깔끔히 포기합니다."

"푸하하."

최복규의 화통한 웃음소리를 귀에 담으며 현호는 좀 전에 그가 건넸던 서류를 손에 쥐었다.

오래돼 누렇게 변한 종이의 질감을 느끼며 현호는 서류를 보는 데 집중했다.

그 사이 최복규의 웃음은 잔잔해졌고, 침묵이 내려앉은 방은 세 사람의 숨소리만이 새근새근 들릴 뿐이었다.

첫 장에는 한성준 의원에 대한 기사가 있었다. 정치권의 타깃이 된 한성준 의원을 옹호하는 기사였다.

그다음으로는 금진은행 관련 기사.

바스락… 바스락.

한 장 한 장씩 서류가 넘어갈 때마다 현호의 얼굴이 굳어져 갔다.

마지막 장은 금진은행의 법인세와 관련된 서류였다.

"근데 은행도 세금을 내네요."

윤아리는 속삭여 말하고 맥주잔을 손에 쥐었다.

현호는 서류에서 눈을 떼고 그녀를 힐끗 쳐다봤다. 무거운 그의 시선에 그녀가 움찔하자 달래주듯 얘기를 이었다.

"은행도 영업 실적에 따라 법인세를 내죠."

대출을 통해 이자 수익을 얻고, 일반인들의 저축 예금에 대한 이자는 경비로 처리한다.

기업이 상품을 팔아 이윤 남기는 것처럼 은행의 경우는 돈을 가지고 장사하는 것이다. 그러니 이윤이 남는 부분에 대해서는 다른 기업과 똑같이 법인세를 낸다.

마침내 서류를 내려놓은 현호가 다시 최복규를 바라봤다. 궁금한 게 많았지만 먼저 가벼운 질문부터 시작했다.

"왜 저를 찾아오신 거죠?"

기자 두 사람이 현호를 찾아왔다.

분명 이유가 있을 터였다. 현호는 소주잔을 만지작거리며 대답을 기다렸다.

"솔직히 말하죠. 특종을 잡으려고."

"하… 하하."

너무 솔직하니 엉겁결에 욕이 나올 뻔했다.

"오해를 하시고 계시네요. 저는 그냥 일개 세무사입니다."

"설마요. 차현호 씨는 자신을 너무 모르고 있어요."

최복규는 흥분했는지 폭탄주를 그대로 목으로 넘겼다. 그가 다시 눈을 찌푸리고 말했다.

"차현호 씨를 보는 눈이 어디 한둘인 줄 압니까?"

최복규의 얘기는 틀리지 않았다. 현호를 주목하는 이는 많이 있었다. 강남세무서 직원들도 그렇고, 박한원 의원도 현호를 지켜볼 것이다.

그래서 더 조심해 왔다.

움직이는 것은 쉽지만 일의 크기가 감당하지 못할 만큼 커지면 안 되기 때문이다.

"이번 강남세무서 비리 사건, 난 솔직히 이해가 안 갔어요. 차현호 씨의 행보는 조심스러운 것 같기도 하고, 터무니없게 막 나가는 것 같기도 하니 말이죠."

"그런가요, 후훗."

현호는 빈 술잔 위로 웃음을 흘렸다. 윤아리가 그의 잔에 술을 채우자 그는 고맙다 말하고 단번에 들이켰다.

"너무 크게 생각하시는 것 같습니다. 저 이제 스무 살입니다."

대부분의 사람들은 현호가 이 말을 하면 그러려니 하고 수긍했다. 틀리지 않으니까. 맞는 얘기니까. 하지만 최복규는 아니었다.

"나는 스무 살에 그렇게 못 했습니다."

이미 최복규의 머리에는 차현호라는 인물이 확고히 자리 잡은 상태였다. 나이와 경험을 떼어내 놓고 보면 현호의 행보가 불가능한 것만은 아니었다.

현호가 대답이 없자, 그는 술기운이 올라 검붉어진 얼굴을 쓸어내리고 검지를 내밀어 서류를 가리켰다.

"이 자료들을 파면 분명 뭔가 나올 겁니다."

하지만 현호는 그 확신에 관심을 보이고 싶지 않았다.

"저 세무사입니다. 저를 높이 사주시는 건 고마운데, 제가 할 수 있는 범위가 아닙니다. 세무사, 별거 아닙니다."

"그래요?"

최복규의 눈동자에 의문이 담겼다.

현호는 고개를 숙여 윤아리가 채워준 폭탄주를 집었다. 물론 이번에도 윤아리에게 잘 마시겠다는 인사를 빠뜨리지 않았다.

"아, 이왕 만난 거, 저 궁금한 게 하나 있는데."

최복규가 이마를 꿈틀거리며 뭔가를 떠올리고 말했다. 현호가 눈을 기울이자 그가 상체를 들이밀고 얼굴을 가까이했다.

"충남 쪽에 땅이 있어요. 그걸 처분해야 하는데, 양도세를 어떻게 해야 할지 몰라서."

"흠, 규모가 어떻게 되는데요?"

"한 400평 규모인데, 공시가로 치면 한 5천 됩니다. 이 정도면 보통 양도세가 얼마나 됩니까?"

최복규가 몰아치듯 질문을 하는 통에 현호는 다른 생각을 이을 수가 없었다. 그 사이에도 윤아리는 계속해 폭탄주를 건넸다.

"총 양도 금액이 5천이라....... 상속 증여입니까, 아니면 매매로 산 겁니까?"

"상속받은 겁니다."

"피상속인이 언제 돌아가셨는데요."

"한 10년쯤 전에? 농사짓는 땅도 아니고… 처분한다, 처분한다 말만 꺼내다가 그냥 놀려만 두고 있네요."

대답을 들은 현호는 잔을 흔들며 미소와 함께 설명을 붙였다. 그 미소에 윤아리의 시선이 깊게 닿았다.

"뭐, 10년 전이면 그 당시 공시지가는 시골 땅이니 얼마 안 하겠네요. 바로 대답해 드리기는 뭐 한데, 매매가가 얼마 안 되니 큰 금액은 안 나올 겁니다. 5천에 대략 취득가가 2천이라고 하면 차익이 3천… 한 대략 5백 정도 하지 않겠어요?"

"그런가요?"

"이제 궁금한 건 풀리셨나요?"

"수수료는 얼마나 주면 되나요?"

"글쎄요. 저 같은 경우는……."

현호는 순간 애길 멈췄다. 손에 쥔 폭탄주도 내려놓았다. 최복규가 그 모습을 보며 고개를 갸우뚱했다.

"이상하네요. 차현호 씨는 세무 공무원인데, 세무사처럼 애기하시네. 아까도 세무사라고 하시고."

잠시 방 안에 침묵이 감돌았다. 최복규는 표정이 사라진 현호를 바라보다가 입꼬리를 올리며 고개를 내저었다.

"차현호 씨는 벌써부터 세무사가 될 생각인 겁니까?"

"아… 하하."

최복규의 추측은 거기까지인 듯했다. 현호가 공무원 생활을 접고 세무사로 갈 거라고 생각하는 것 같았다.

식은땀을 뒤로하고, 현호는 고개를 끄덕여 최복규의 추측에 장단을 맞췄다.

'폭탄주 몇 잔에 정신을 놓았네.'

여태 누구도 현호의 정체를 의심한 적이 없었다. 그만큼 조심해 왔기 때문이다.

그런데 지금 하마터면 들킬 뻔했다.

현호는 더 이상 잔을 들지 않고 바로 아까의 얘기를 다시 꺼냈다.

"근데 아까 그 기획사 얘기는 뭐죠?"

"확실한 팩트입니다. 물론, 비밀이고."

최복규가 제 입술에 손가락을 가져가 윙크를 했다.

이후 몇 가지 얘기가 오갔지만 현호는 최대한 가볍게 대응했다. 심각하게 생각하지도, 이야기에 깊이를 만들지도 않았다.

주로 최복규가 질문하는 내용에 모른다고 대답하거나 혹은 사생활적인 얘기만 일부 꺼냈을 뿐이었다.

말실수 이후로는 차현호란 사람이 갑자기 재미가 없어졌다.

"크흠!"

술이 올라오는지 최복규가 화장실을 들락거렸다.

정치부 기자들이 말술이라더니 최복규는 해당되지 않는 모양이었다.

그가 나가자 윤아리가 현호를 향해 물었다.

"특무부에 가신다는 얘기가 있던데요?"

"예?"

현호는 미간을 찌푸려 그녀를 바라봤다. 그냥 떠보는 건지, 혹은 뭘 알고 얘기를 하는 건지 궁금했지만 그의 3단계 시야에 포착된 것은 그녀가 이미 알고 있다는 느낌이었다.

"누구한테 들으셨어요?"

"에이, 기자가 정보원 알려주는 것 보셨어요?"

지금 현호는 마음만 먹으면 자신이 기억하는 이름 하나하나를 읊어볼 수 있었다.

그래서 윤아리가 그중 하나에 반응한다면 재빨리 포착할 자신이 있었지만 굳이 그렇게 까진 하고 싶지 않았다.

"저, 실은 부탁이 있어서 이 자리에 온 거예요."

"부탁이요?"

현호는 자리에서 일어나며 물었다. 재킷을 몸에 걸치고, 옷걸이에 걸린 베이지색 코트를 챙겨 그녀에게 건넸다.

"나도 찬대미에 들어가게 해주세요."

재킷 소매를 매만지던 현호가 고개를 돌려 그녀를 바라봤다. 현호의 눈동자는 한층 커져 있었고, 윤아리의 눈동자와 입매는 단단한 결심이 묻어 있었다.

"찬대미는 그냥 친목 모임입니다."

재킷 지퍼를 끌어 올리며 현호는 그녀의 부탁을 대수롭지 않게 흘려버렸다.

일찍이 현호는 찬대미를 만들었지만 그 이름을 감추지 않았다.

꽁꽁 싸매 사람들에게 감추는 대신에 아무렇지도 않게 드러내고 태연한 자세를 취할 뿐이었다. 베일에 싸여서 궁금증을 만드는 것보다는 평범하게 보이는 걸 택한 것이다.

"그럼 더 잘됐네요. 그 친목 모임에 저 하나 들어가는 것도 나쁘지 않잖아요?"

윤아리는 제대로 작정하고 현호를 찾아온 듯했다.

"하하, 회원들에게 한번 물어보죠."

현호가 뒤돌아 미닫이문에 손을 얹었다. 어서 빨리 이 자리를 피하고 싶었다.

그때 등 뒤에서 윤아리의 목소리가 날카롭게 들렸다.

"저, 지금 차현호 씨 협박하는 거예요."

현호는 문에서 손을 떼고 그녀를 돌아봤다.

"농담이 지나치시네요. 분위기 심각해지게."

"찬대미, 저 들어가고 싶다고 말씀드리는 거예요."

"말했잖아요. 친목 모임이라고."

"기사 하나 내볼까요? 내로라하는 집안의 자제들, 천재라 불리는 인물, 회원들이 하나같이 명문대 출신의……."

"그만하시죠."

현호는 윤아리의 말을 끊었다. 여태와 달리 날카로운 시선이 그녀를 꿰뚫었다. 하지만 그녀도 이대로는 물러설 기세가 아니었다.

'귀찮게 됐네.'

현호는 찬찬히 윤아리라는 여자를 눈에 담았다.

외모로 사람을 평가하긴 그렇지만, 기자의 외모는 아니었다.

어깻죽지까지 내려온 갈색 머리카락, 도톰하지만 작은 입술, 180이 넘는 현호의 키와 견주어 결코 작지 않은 키.

문득 현호는 찬대미 회원들이라면 그녀를 마음에 들어 할지도 모르겠다는 생각이 들었다.

"합격인가요?"

그녀가 물었다.

"연락드리죠."

물론 거절이다.

현호는 미닫이문을 열고 나왔다. 카운터에서 계산을 하고, 최복규와 윤아리가 나올 때까지 기다렸다.

"오늘 얘기 즐거웠습니다."

술집 앞에서 최복규가 붉게 달아오른 얼굴로 현호에게 악수를 청했다. 현호는 악수를 받고, 그에게 서류 봉투를 건넸다.

"이건 왜?"

최복규가 콧잔등을 찌푸렸지만 현호는 차분히 대답해 줬다.

"금진은행은 제가 나설 일이 아닙니다. 강남세무서 관할도 아니고."

"아니, 내 얘기는."

"저한테 뭘 기대하시는지 모르겠지만, 저는 일개 세무 공무원일 뿐입니다. 아무런 힘도 없는. 그럼, 나중에 또 뵙겠습니다."

현호는 깍듯이 인사를 하고 등을 돌렸다.

등 뒤에서 최복규와 윤아리의 시선이 느껴졌지만 그는 거침없이 다리를 내밀어 앞으로 나아갔다.

'금진은행이라.'

횡단보도에 서 있는 사이 찬바람이 휘몰아쳐 현호를 훑고 지나갔다. 신호가 바뀌기를 기다리며, 현호는 무심히 고개를 돌리다 멈칫했다. 횡단보도 옆에 앉아 있는 사람이 그의 눈에 들어왔다.

"할머니?"

김밥 할머니였다.

"여기서 뭐 하시는 거예요?"

현호는 할머니에게 다가가 물었다. 그녀는 예기치 못한 현호의 등장에 깜짝 놀란 눈치였다.

"아, 미안해. 그러지 않아도 가려고 했어."

"뭐가 미안하세요?"

"세무서 앞에서 장사하지 말라고 했는데……."

할머니는 마치 누군가에게 쫓기기라도 하는 것처럼 김밥을 서둘러 챙겨 배낭에 밀어 넣기 시작했다.

"누가 그래요?"

현호는 그녀를 진정시키려 손을 뻗어 배낭 입구를 붙잡았다. 그제야 할머니가 행동을 멈추고 긴 숨을 파르르 내쉬었다.

"할머니, 제 얼굴 보세요. 제 눈 보시라고요. 누가 세무서 근처에서 김밥 장사하지 말라고 했어요? 아니, 그보다 고향에 내려가신 거 아니었어요?"

장선자 세무사는 할머니가 고향에 내려갔다고 말했었다.

"고향에?"

"땅 안 파시기로 했다면서요."

"그건 그런데……"

할머니는 말꼬리를 흐리며 시선을 떨궜다. 뭔가 말하기 어려운 사정이 있는 것 같았다.

"아이고, 김밥 다 얼었네……"

현호는 배낭에 담긴 김밥과 미처 담기지 못해 행상에 널브러진 김밥을 바라봤다. 남은 김밥이 열 줄 정도. 하나같이 얼음덩이처럼 단단해져 있었다.

현호는 그것들을 몽땅 검은 봉지에 담은 다음, 지갑을 꺼내 오천 원을 빼내서 한사코 거절하는 할머니의 복대 지갑에 밀어 넣었다.

"이리 오세요."

차갑게 얼어버린 할머니의 손을 잡고 현호는 근처의 빵집으로 자리를 옮겼다. 두 사람이 빵집으로 들어가자 안에 있던 사람들의 시선이 쏠렸다. 그도 그럴 것이 훤칠하고 잘생긴 청년과 허름한 차림의 할머니의 조합은 어딘지 어색해 보였다.

"잠깐 앉아계세요."

"난… 괜찮은데."

"어허! 제가 할머니 VIP 손님인데, 제 말 들으셔야죠."

현호는 미소를 띠고 할머니를 빈자리에 앉혔다. 그가 빵을 고르는 사이 할머니는 빵집을 두리번거렸다. 그 얼굴에는 불편함과 두려움이 섞여 있었다.

"자, 드세요."

"난 정말… 괜찮은데."

"어서요. 몸 녹일 때까지만 있다 나가요."

다시 한 번 권하자 주름지고 굽은 손이 빵을 집었다. 그제야 현호는 테이블에 팔꿈치를 기대고 할머니를 바라보며 물었다.

"할머니, 제 동생이 저 보고 뭐라고 하는지 아세요?"

"응?"

"남들에게 착하게 보이려고 쇼를 한대요. 그러니까 저 지금 쇼하는 거예요."

"쇼라니, 공무원 양반 착한 거야 내가 알고 하늘이 아는데."

"하하, 그러니까 편히 드시라고요. 쇼 안 해도 저 착해 보이게끔."

할머니가 피식 웃으며 우유를 한 모금 마시자 현호는 조심스럽게 아까의 얘기를 다시 물었다.

"누가 세무서 앞에서 김밥 팔지 말래요?"

"…공무원 양반이 그러더라고. 여기서는 팔면 안 된다고. 구청에서 단속한다고."

현호는 그 말에 고개를 갸우뚱했다. 이상한 일이었다. 길거리에 널린 게 노점인데.

지금은 2016년이 아니다. 훗날에야 미관을 해친다고 길거리 장사를 단속하기는 해도, 지금 시대야 그렇게까지 단속을 하는 편은 아니었다.

"설마요. 그분이 잘못 얘기하셨겠지… 혹시 그 공무원분 성함 아세요?"

"글쎄… 모르겠네."

현호는 얘기를 관두고 우유를 마시는 할머니를 지켜봤다.

굳이 이렇게까지 그녀를 신경 써줄 이유는 없었지만 자주 봐서인지 남 같지가 않았다.

아직은 정이 있고 나보다는 상대를 먼저 생각하는 시대지만, 머지않아 서로가 서로를 믿지 못하는 시기가 온다.

타인에게 도움을 줘도 되레 낭패를 겪기 십상이고, 고마움을 표현하는 사람들도 드물다. 왜냐하면 그 시대는 모두가 피해자고 모두가 아프기 때문이다.

현호는 그 같은 갑갑한 세상에서 살아왔고, 아등바등 버텨왔다. 그래서 어쩌면 지금 시대의 정이 묻어버렸는지도 모른다.

"더 드세요."

"배가 불러서."

"아니, 무슨 빵 하나 드시고……."

"근데… 여기 빵이 얼마야?"

"왜요? 손녀 분 가져다 드리게요?"

"응."

할머니의 얼굴에는 세월이 묻어 있었지만 손녀를 생각하는 그 얼굴은 세상 그 어떤 미인보다도 아름다워 보였다.

"이거 가져가시면 되죠."

복대를 뒤적여 돈을 꺼내는 할머니를 말리며 현호가 말했다.

"이건 공무원 양반이 산 건데……."

"말은 바로 하라고, 할머니 드리려고 산 거죠."

"이거 미안해서……."

현호는 할머니를 보고 있으니 왠지 자신이 조금은 괜찮아졌구나 싶었다.

그도 그럴 것이 이전 삶의 그였다면 절대 남에게 시간 쓸 일도, 목적 없이 돈을 쓸 일도 없었다. 오히려 시장꾼들 복대

지갑을 보면서 저게 다 현금 장사이고 매출 누락이다,라고 비난을 했던 그였다.

'나도 참 많이 변했네.'

현호는 피식 웃으며 할머니를 향해 다시 물었다.

"근데 땅은 어떻게 된 거예요?"

"그게, 그 세무사님이 은행을 하나 소개해 줬거든. 그 은행에서 거길 담보 삼아 대출을 해준다네? 아, 내 정신 좀 봐… 얘기하지 말랬는데."

현호는 눈을 찌푸렸다. 지금 순간 머릿속에 금진은행이 스쳐 지나갔다.

'설마.'

할머니는 더 얘기하지 않을 생각인 듯 보였지만 현호는 다시 물었다.

"혹시… 금진은행이에요?"

현호의 추측에 할머니의 하얀 눈썹이 치솟았다가 내려앉았다.

"공무원 양반이 그걸 어떻게 알았어?"

"흠… 그게……."

현호는 잠시 망설이다가 다시 입을 열었다.

"그 은행이 대출을 좀 세게 잡아주는 편이라서요."

"응, 그러더만. 두세 배까지 된다고 하대?"

"수수료는… 얼마 주시기로 하셨어요?"

현호는 묻기 힘든 걸 물었다. 그것도 이자가 아닌 수수료를 물었다. 할머니의 대답에 따라 현호의 관심사에 금진은행이 포함될 수 있었다.

"그건……."

"아니에요. 힘드시면 얘기하지 않으셔도 돼요."

현호는 대답을 듣는 것을 포기했다. 할머니의 표정이 너무 굳어 있었기 때문이다.

아마 대출금의 일부분은 수수료로 넘기는 조건이 붙었을 것이다. 그것이 잘못인 줄도 모를 테고.

"그 은행, 장선자 세무사님이 소개해 주셨다고요?"

"응."

할머니가 고개를 끄덕였다.

'장선자……'

송승국의 소속사와 그곳을 관리하는 장선자의 세무 법인 창, 그리고 장선자와 마영환 조사관, 마지막으로 금진은행. 또 거기에 이어지는 한성준 의원까지.

마치 뫼비우스의 띠처럼 이어지는 눈앞의 그림에 현호는 한숨을 절로 흘렸다.

남은 빵을 종이봉투에 챙겨서 할머니의 손에 쥐어드리고 함께 빵집을 나왔다.

"김밥이 차가워서 어쩌지?"

걱정을 하는 할머니의 모습에 현호는 손에 쥔 검은 봉지를 보며 미소를 띠었다.

"집에 전자레인지 있어요. 솔직히 말해서, 할머니 김밥이 저희 어머니 요리보다 백배는 낫거든요."

그 말은 진심이었다.

할머니가 버스에 오르는 걸 보고서야 현호는 다시 횡단보도 앞에 섰다. 바람이 불어오고 신호가 바뀌었지만 그는 그대로 서 있었다.

'어떻게 할까.'

애초 현호의 계획은 한성준 의원의 30억 세금 추징에 포커스를 잡았다.

2년 전 그 사건을 지휘했던 이가 서울청의 장명준. 흐름을 보면 윗선의 지시가 있었을 게 확실했다.

그래서 현호는 그 건을 잘 만져서 박한원 의원과 딜할 생각이었다.

정치권에서는 그 일이 수면에 오르는 건 싫을 테니, 다시 수면에 내릴 수 있는 방법이 있다면 그걸 택할 테니까.

그 방법이 장명준을 계속해서 서울청에 묶어두는 것이라면, 박한원에게 있어서는 무척 손쉬울 것이다. 그와 더불어 차현호 한 사람을 특무부에 꽂는 것 역시 어려운 일은 아닐 터.

사실 현호로서는 후자, 즉 자신을 특무부에 꽂아 넣는 것만 부탁할 수도 있지만, 이번에는 장명준에게 확실한 브레이크를 선사하는 한 수를 노릴 계획이었다.

하지만 여기에 금진은행이 난데없이 끼어들었다.

이 건은 잘 생각해야 한다. 금진은행 건이 너무 커지면 예상치 못한 일이 벌어질 수 있다. 그러니 여기서 멈추거나 아니면 안고 가야 한다.

'스톱… 아니면 고.'

일단은 금진은행에 대해서 알아야 했다.

그들이 고객의 돈으로 돈놀이하는 게 과연 그들 선에서 멈추는지, 아니면 더 윗선으로 올라가는지 알아야 한다.

'조절을 잘해야 하는데.'

딱 얻을 수 있는 것까지만 건드려야 한다. 잘못 건들면 위험하다.

긴 생각의 끝에 현호는 횡단보도를 건넜다.

*   *   *

다음날, 출근길에 현호는 앞서가고 있는 봉준석을 발견했다.

"선배님!"

큰 목소리로 그를 부르자 봉준석이 눈썹을 찌푸리며 돌아봤다. 현호는 그 시선에 개의치 않고 살갑게 다가갔다.

"선배님, 댁이 어디세요?"

"양천구."

"아니, 그럼 양천세무서 두고 여기까지 출근하시는 거예요?"

"내 말이."

봉준석은 순간 실수로 현호의 얘기에 호응하고 말았다.

'이런, 이 자식은 왜 갑자기 친근하게 굴고 지랄이야. 설마 나도 뭐 책잡힌 거야?'

현호의 의도를 순수하게만 생각할 수 없는 봉준석이었다.

"근데 선배, 세무서 앞에서 행상 펼치지 말라고 그랬다던데, 누가 그런 말을 한 거예요?"

"뭐?"

봉준석이 처음 듣는 얘기라는 듯 현호를 바라봤다.

"김밥 할머니가 그러더라고요. 세무서에서 공무원이 나와서 여기서 장사하지 말라고 그랬다고."

"글쎄……. 아, 지난번에 마영환 조사관님이랑 김밥 할머니랑 무슨 얘기를 나누는 것 같던데."

순간 현호는 걸음을 멈췄다.

'설마…….'

이미 장선자는 현호가 김밥 할머니에 관심을 두고 있는 것을 알고 있었다.

어쩌면 그 때문에 김밥 할머니를 현호에게서 떨어뜨리기 위해서 그랬을지도 모른다. 괜스레 할머니로 인해 더 큰 그림이 드러날지도 모른다고 여겼을지도.

'…그 정도까지는 아니겠지.'

생각이 너무 과한 듯했다. 현호는 습관처럼 고개를 가로젓다가 다시 멈칫했다.

'하지만 이게 맞는다면……'

현호의 생각보다 장선자는 훨씬 치밀한지도 모른다.

싸움에서는 상대의 깊이를 알아야 이긴다. 하수인줄 알고 덤볐다가 칼에 찔리고 난 뒤에 후회해 봤자 늦는다.

"뭐 해? 안 가고."

봉준석이 뒤돌아 현호를 쳐다봤다.

"아, 아니요."

현호는 잰걸음으로 봉준석에게 다가갔다. 그제야 그가 내키지 않은 얼굴로 다시 앞서갔다.

사무실에 들어서니 마영환이 안경을 손에 든 채 신문을 읽고 있었다. 그는 현호를 보자 미소를 보이고 한가득 쌓인 서류를 가리켰다.

"차 조사관, 이제 슬슬 일을 해야지?"

이런.

현호는 마영환의 얼굴을 보면서 애매한 미소를 끌어 올렸다.

이도필의 비리 라인 중 한 사람인 오석은 현호에게 잡무를 가득 줬었다. 그건 현호를 테스트하기 위함이었지만, 쓸데없이 다른 데 신경 쓰는 걸 막기 위함도 있었다.

그리고 지금, 마영환이 그 같은 행동을 잇고 있었다.

이것이 순수한 호의일지, 아니면 오석처럼 계산된 수인지, 조금 지켜봐야 했다.

*　　　*　　　*

며칠이 지났지만 별다른 일은 없었다.

현호는 마영환이 맡긴 일들을 무리 없이 처리했고, 업무는 마영환을 거쳐 법인세과 팀장이 처리하는 기본적인 일의 순환이 계속 이어졌다.

평범한 일상이었고, 다른 직원들도 다르지 않은 나날을 보냈다.

그 속에서 현호는 두드러지지도, 뒤처지지도 않았다.

남들처럼 출퇴근했고, 사무실 중앙에 위치한 난로 위의 주전자에 물을 채우는 일을 도맡아했다.

"아, 계장님 저 은행 좀 다녀올게요. 공과금 좀 내려고요."

봉준석이 파카를 챙겨 들며 마영환을 바라봤다. 마영환은 입술을 꾹 다물고 시계를 쳐다봤다. 퇴근 시간이 한 시간가량 남아 있었다.

"그냥 퇴근해. 팀장님에게는 내가 말할 테니까."

"아, 그럴까요? 이거 왠지 노린 것처럼 됐네, 하하."

머쓱함에 뒷머리를 긁적이며 나가는 봉준석을 뒤로하고 현호는 서류 확인이 끝난 업체들의 세액 통지서를 챙겼다. 민원실에 내려다 주면 오늘 현호의 일도 끝이었다.

"저 화장실 좀 다녀오겠습니다."

현호는 자리에서 일어나 주전자를 챙겼다. 마영환이 슬쩍 그를 쳐다봤지만 전처럼 친근한 시선은 아니었다. 어딘가 불안해 보이고, 불편한 시선이었다.

23장

거침없이 하이킥

끼릭, 끼릭, 쪼르르.

현호는 주전자 안에 차오르는 물을 보며 문득 기억 하나를 떠올렸다.

현호는 물이 차오르는 주전자를 바라보고 있었다. 하지만 흔들리지 않는 그의 초점에 비친 것은 주전자가 아닌 소년과 소녀의 뒷모습이었다.

그들은 양동이를 손에 쥐고 있었고, 그 안에는 검은색 조개탄이 가득했다.

시대가 변하면서 라디에이터와 난방 기구의 보급이 활성화되지만, 아직은 대부분의 학교가 겨울이면 난로와 조개탄이라는 연료를 쓰고 있었다.

그래서 각 반의 주번들은 아침에 조개탄을 받으러 수위실에 찾아가고는 했었다.

현호 역시도 그랬고, 박진숙과 함께 짝이 돼 조개탄을 받으러 간 일이 있었다.

기억 속 어린 현호는 조개탄 하나 더 받으려 수위 아저씨를 조르던 박진숙의 미소를 바라보고 있었다. 그리고 지금 기억을 들여다보는 현호 역시도 박진숙의 미소를 바라보고 있다.

끼릭, 끼릭.

주전자에서 물이 철철 넘쳐흐르자 현호는 서둘러 수도꼭지를 잠그고 주전자를 챙겼다. 화장실을 나와 복도를 지나는데, 창밖에 보이는 나무 위에 까치가 앉아 있는 게 보였다.

녀석은 푸드덕 날갯짓을 하더니 하늘로 떠나 버렸다.

'잘 지내려나.'

한때 박진숙이 현호를 자주 찾아오자 그는 그녀에게 오지 말라고 분명히 얘기한 적이 있었다. 물론 그 뒤에도 몇 번 찾아오기는 했지만 어느 날부터 박진숙은 거짓말처럼 모습을 보이지 않았다.

지난번 태권도가 박진숙의 얘기를 꺼내며 현호의 마음을 물었지만, 실은 이미 박진숙을 보지 않은 지도 일 년이 넘어가고 있었다. 정확히는 대학 1학년 여름 방학 이후로 그 아이를 보지 못했다.

그녀가 L대에 들어갔고, 예상대로 피아노를 전공한다는 얘기만 전해 들었을 뿐이었다.

'휴, 너무 달려왔나.'

창원세무서 연수 이후로 현호는 제대로 쉬질 못했다.

경험을 했다고 뭐든 술술 풀리는 것은 아니었다. 또 특별한 기억력을 가지고 있다고 뭐든 해낼 수 있는 것도 아니었다.

그저 일이니까, 일은 하면 하는 거니까. 그렇게 해왔을 뿐이었다.

물론 이도필의 비리 라인과 월연 건을 해결하는 것은 그런 간단한 문제가 아니었다.

거침없이 움직였고, 거침없이 해냈지만 사실 그것은 이미 한 번의 삶으로 아쉬울 게 없는, 더 이상 두려움을 느끼지 못하는 감정의 상실이 만든 무모함이었다.

국회의원과의 딜? 박거성과의 거래? 검사실에서의 연기?

제정신이 박힌 이전 삶의 현호라면 결코 할 수 없는, 아니, 엄두도 낼 수 없는 일이었다.

하지만 분명한 건 앞으로도 해낼 수 있다는 사실이다. 멈추지 않을 것이다. 이제 와 넘어질까 무서워 망설이지 않을 것이다.

'5시 50분.'

현호는 주전자를 난로에 올리며 시계를 바라봤다. 퇴근 시간이 다가왔다. 모두들 엉덩이를 들썩이고 있었다.

법인세과에 온 첫날, 마영환이 그랬었다. 법인세과에는 야근이 없다고.

요 며칠 마영환이 일거리를 갑자기 밀어 주고는 있지만, 현호에게 야근을 하라고 한 적은 없었다. 오히려 퇴근 때가 되면 그만하고 내일 하라는 말을 하고는 했다.

그래서 현호로서는 도무지 마영환의 속내를 알 수가 없었다. 뭔가 숨기는 것은 있는데, 드러내지를 않고 있었다.

하지만 솔직히 마영환과 장선자 사이에 어떤 커미션이 오간다고 해도 현호로서는 관심 외였다.

비리 라인을 타파했던 것도 어차피 성가실 일을 처리할 수 있으면 처리할 생각이었고, 마침 장명준이 부탁해 오며 월연이라는 폭탄까지 쥐어 줬으니 거부하지 않았을 뿐이었다.

하지만 그 외에는 현호로서는 전혀 관심도 없었으며 계획에 포함되지도 않았다.

'흠······.'

업체에서 밥 한 끼 얻어먹고, 돈 몇 푼 주머니에 챙기고, 그 대가로 조금 쉽게, 가볍게 넘어가 주는 일.

이는 세무서가 아니더라도 어디든 존재하는 일이다.

엊그제 현호는 윤선기 검사와 통화를 했었다. 그에게 윤선기 검사가 마지막으로 한 말이 있었다.

—이도필이 그러더구나. 나는 비리를 저지른 게 아니라고. 관례대로 했을 뿐이라고.

　그 말이 맞다. 지금 시대는, 아니, 앞으로도 이는 관례일 뿐이다.

　그러니 마영환에게 실망할 필요도 없었다.

　다만 현호가 해야 할 일을 마영환이 방해한다면 그때는 현호의 관심 외에서, 관심 내로 바뀔 것이다. 더 나아가 그가 금진은행이라는 또 다른 폭탄과 연관이 있다면, 그 관심은 커질 수밖에 없다.

　현호가 통지서를 챙겨 민원실에 내려 주고 올라오니 다들 이미 자리에서 일어난 상태였다.

　"다들 수고했고, 내일 보지."

　마영환을 필두로 직원들이 빠르게 사무실을 떠났다. 법인세 1계 사무실에 현호가 홀로 남겨지기까지 그리 긴 시간이 걸리지 않았다.

　'장명준을 어떻게 할까……'

　텅 빈 사무실을 차지한 현호는 더욱 생각에 몰입했다.

　지난번 장충도에게서 보름 뒤에 면접이 있다는 얘기를 전달받았다. 재정기획부의 고위 간부가 직접 나와서 일대일 면접을 본다고 했다.

　그렇지만 지금 상태로는 면접의 의미를 찾을 수 없다. 장명준이라는 거목이 존재한다면 차현호라는 존재는 그 옆길에 난 장미 덤불도 되질 못할 게 분명할 테니까.

따리리.

가방을 챙겨 일어나려던 현호는 전화벨 소리에 멈칫했다.

"법인세과 차현호 조사관입니다."

—나 봉준석인데.

봉준석은 꺼림칙한 목소리로 자신을 알렸다. 현호는 다시 의자에 앉으며 옅은 한숨을 내쉬고 입술을 적시며 물었다.

"예, 말씀하세요."

—나, 부탁 하나만 하자.

"뭔데요?"

—내 책상에 통지서 있을 거야. '가온' 법인이라고, 이미 팀 장님 결재받은 거니까, 민원실에 전달 좀 해줘.

"예."

—…고맙다.

수화기 너머 봉준석의 목소리가 물수제비처럼 튕겼다 가라앉으며 전화가 끊어졌다.

"가온이라……."

현호는 봉준석의 책상 위에 있는 서류 뭉치를 뒤적거려 가온이라 적힌 통지서를 찾았다.

"응?"

통지서만 챙기던 현호의 눈에 가온에 관한 서류들이 보였다.

눈을 한 번 깜빡이던 현호는 봉준석의 자리에 앉았다. 봉준석의 일처리를 한번 확인해 보고 싶어서였다.

그저 호기심일 뿐이었는데, 그로 인해서 봉준석은 곧장 세무서에 뛰어 들어와야 했다.

＊　　　＊　　　＊

"야!"

봉준석이 고함을 내지르며 사무실에 들어왔다. 시간은 저녁 7시.

현호는 그에게 이유도 말하지 않고 일단은 와보라고 했다. 덕분에 그로서는 퇴근 후에 내키지 않은 발걸음을 했다.

"왔어요?"

"하……."

봉준석은 어이가 없어서 눈을 찌푸렸다. 남은 죽어라 뛰어왔는데, 현호는 컵라면을 먹고 있었다.

"무슨 일인데?"

별일 아니면 가만 안 둘 기세였다. 현호는 그에게 가온 서류 뭉치를 내밀었다.

"이게 뭐? 다 끝난 거라니까!"

봉준석의 입에서 짜증이 튀어나왔다.

"끝났다고요?"

현호는 심드렁한 얼굴로 물었다. 그 다음 라면 국물을 마시고, 트림을 꺼억 뱉고, 휴지로 입술을 훔친 다음 자리에서 일어났다.

그러자 봉준석이 새빨갛게 변한 얼굴로 그를 노려봤다.

"뭐가 잘못됐는데? 이거 내가 얼마나 꼼꼼히 본 건데, 너 세무대학 출신이라고 내가 우스워 보이냐?"

"선배……."

현호는 한숨을 내쉬었다. 이 정도 했으면 알아서 심각성을 눈치채고 서류를 뒤적여야 하거늘.

"여기 보세요. 여기 가온 재단에 10억을 출현한 '영진'이라는 법인. 여기 왜 증여세를 뺐어요?"

"그거야 여기는 비영리 재단이고 이건 수익 사업이 아니니까……."

봉준석은 곧바로 반격하듯 설명을 붙이려고 했지만 현호는 다시금 서류를 넘겨 그의 말문을 막아버렸다.

"가온, 비영리 공익법인이 아니라 재단법인이에요."

현호의 말에 봉준석의 치솟은 눈썹이 천천히 내려앉았다. 좀 전까지 화가 일렁이던 눈동자는 또르르 굴러 서류에 박혔다.

공익법인은 공적인 이익을 위한 성격이 강하기 때문에 이에 부합한 목적의 재산에는 세금을 감면받는 혜택이 있다. 일정 조건이 충족하는 경우 정책적으로 증여세 과세과액을 산입하지 않은 불산입 원칙을 따르기 때문이다.

하지만 공익법인이 아닌 재단법인이라면 이는 해당되지 않는다. 이때는 상속세 및 증여세법을 적용해 증여세가 얄짤없이 과세된다.

"그게 무슨……."

애써 부정하고 싶겠지만 봉준석은 이내 사태의 심각성을 깨닫고 서류를 뒤적이기 시작했다.

정말 현호의 말이 맞고 그가 틀렸다면, 수억에 가까운 증여세를 부과하지 않은 것이 된다.

더구나 이 건은 팀장의 결재까지 받았다.

팀장이야 사실상 들여다보지도 않았고, 최근 마영환 계장은 요로결석 때문에 한동안 나오지 않았기에 봉준석이 홀로 알아서 처리한 일이었다.

'꿀꺽.'

봉준석의 목울대가 출렁였다.

30분 정도가 흘렀다. 그 시간까지 현호는 그를 기다려 줬다. 어찌 됐든 퇴근한 사람을 다시 불러들였으니 말없이 기다린 것이다.

물론 혹시나 또 뭔가 있을까 싶어 봉준석을 지켜봤지만 그에게서 부조화는 보이지 않았다. 이는 전적으로 고의가 아닌 그의 실수라는 얘기였다.

"고맙다. 이 말밖에는… 할 말이 없네."

봉준석은 지친 얼굴을 쓸어내렸다. 그 모습을 보고서야 현호는 기다렸다는 듯이 자리에서 일어났다.

"내일 봬요."

현호는 가방을 챙기고 법인세과를 나왔다. 계단을 내려와 세무서를 벗어나려는데 어두워진 하늘에서 투둑투둑 비가 내리고 있었다.

"하……. 사무실에 우산이 있나 모르겠네."

주인 없는 우산이라도 있나 싶어 되돌아가려는 참이었다.

"내가 태워다 줄게."

봉준석이었다. 계단을 내려온 그는 묵직해 보이는 서류 가방을 들고 있었다. 아무래도 집에서 다시 한 번 꼼꼼히 볼 요량인 듯했다.

"괜찮습니다."

"아니야, 내가 데려다줄게. 집이 강남이랬지?"

결국 현호는 봉준석의 회색 쏘나타에 몸을 실었다.

차가 출발하자, 현호는 흔들리는 자동차 와이퍼를 가만히 눈에 담았다. 자동차 천장을 두드리는 빗소리, 와이퍼의 움직임, 가라앉는 듯한 자동차 엔진 소리.

그 소리들 사이에서 봉준석이 말문을 열었다.

"그동안 내가 옹졸했다."

"그럴 수 있다고 생각합니다."

성인이 타인에게 사과한다는 것은 쉬운 일이 아니다. 봉준석은 지난번 음식점 앞에서의 행동 이후로 그동안 현호에게 조금씩 마음의 문을 열고 있었다. 그러던 차에 이번 일까지.

다행히 일이 터지기 전에 봉합했으니 망정이지, 모르고 넘어갔으면 문책을 피하기 힘든 일이 됐을 것이다.

"근데 마영환 조사관님, 무슨 일 있나요?"

현호가 물었다. 요 며칠 마영환을 집중적으로 지켜봤다. 머리가 지끈거릴 정도로 마영환의 행동을 주시해 왔다.

그와 장선자와의 관계 따위가 궁금해서가 아니었다.

마영환이 장선자에게서 J 프로덕션 건만 발을 들였는지, 아니면 장선자의 세무 법인 창이 관리하는 모든 업체에 관여했는지를 확인하기 위해서였다.

결론은 마영환의 일탈은 J 프로덕션 건에 그쳤다는 사실이다.

그래서 이제는 그 연관성이 궁금해졌다. 왜 그는 J 프로덕션에 발을 들인 걸까. 금진은행과 관련이 있는 걸까, 아니면 어떤 연줄 때문에?

정확한 단서가 없다. 그래서 지금 봉준석에게 물은 것이다. 혹여나 봉준석이 뭔가를 알고 있을지 모른다는 생각에.

"너, 그 일 몰라?"

봉준석이 빗길에 신경을 곤두세우며 되물었다. 차 안은 히터가 돌아가고 있었지만 입김이 나올 만큼 추웠다.

"뭐가요?"

"하긴, 다들 너한테 말도 안 걸고 쉬쉬하니까."

"뭔데요?"

현호가 재차 묻자 봉준석이 히터 온도를 올리며 말했다.

"마 계장님 사모님이 계를 하나 들었는데, 계주가 날랐나 봐. 자그마치 3천만 원이래."

"아… 그래요?"

"근데 문제는 사모님이 그 계주한테 아는 사람 여럿을 소개해 줬나 봐. 난리가 난 거지, 뭐. 우리 세무서 사람 중에도 피해자가 있나 봐."

"아……."

보증을 잘못 서서 망하고, 계주가 날라서 망하고. 서민들은 뭣 좀 하려 해도 되는 게 없다.

"그래서… 요즘 장선자 세무사라는 여자하고 자주 만나는 것 같아. 말들도 많고."

"예?"

그게 무슨 말인가 싶어 현호는 봉준석을 바라봤다.

"그 장선자, 사실 우리한테도 몇 번 접근했었거든. 그 세무법인, 아무리 봐도 찜찜한 곳이야."

봉준석이 현호의 집 앞에 차를 세웠을 즘 비가 그쳤다. 지나가는 비였던 듯싶다.

"들어가세요."

"오늘 일 고맙다."

봉준석은 한 번 더 고맙다는 말을 하고, 여태 보여준 적 없는 미소를 보이고 떠났다. 현호는 멀어지는 차를 바라보다가 다시 마영환에 대한 생각을 이었다.

'그것 때문이었나.'

집이 어려워지니 장선자가 내민 손을 붙잡은 건지도 모르겠다. 물론 아직 확실한 것은 알 수 없었다.

집 앞이건만, 현호는 집이 아닌 다른 방향으로 걸었다.

놀이터 근처의 공중전화를 찾은 그는 또 다른 단서를 찾기 위해 어딘가로 전화를 걸었다.

＊　　　＊　　　＊

"차 조사관님?"

신호등을 건너온 장선자가 환희 미소를 보이며 현호에게 다가왔다.

"미안합니다, 밤늦게 연락드려서."

"아니에요. 한번 자리 만들려고 했는걸요. 자, 가죠."

지금 시각이 오후 8시 30분.

현호는 그녀를 따라 인근의 술집으로 향했다. 룸에 자리를 잡고 안주가 들어오길 기다리는 동안 장선자가 가벼운 미소로 운을 뗐다.

"진작 이렇게 식사 한번 했어야 했는데, 제가 좀 늦었네요."

그녀는 이전 삶에서의 현호가 했을 법한 대사를 읊고 있었다.

그때는 현호 역시도 을의 입장이었으니까.

물론 세무 공무원이 엄청난 갑질을 하는 건 아니었다.

그럴 만큼의 꼬투리라고 해봤자 결국에는 서류를 걸고 넘어가는 건데, 작정하고 서류에 장난을 치지 않는 이상은 대부분 큰 문제가 없는 경우가 많았다.

하물며 여기가 국세청이나 특무부도 아니고, 그저 많고 많은 지방 세무서 중 한 곳이니 세의 규모라고 해봐야 놀라울 정도는 아니었다.

그런데 또 별거 아닌 것 같으면서도 그 비위를 잘못 건들면 서로가 짜증이 이만저만이 아니게 된다.

세무사는 빨리 일을 처리하고 고객과의 사이도 원만하길 바라는데, 세무 공무원이 트집을 잡기 시작하면 일처리는 느려지고, 툭하면 고객에게 바로 전화가 오게 된다. 그러니 가능한 한 세무 공무원들의 비위를 맞추는 편이었다.

"이거, 그냥 차비나 하세요."

장선자는 돈이 담겼을 봉투를 테이블 아래로 슬쩍 넘겼다. 하지만 현호는 고개를 가로저었다.

"어… 대단한 거 아닌데."

장선자는 당황하고 있었다. 차현호에 대한 소문이 어디까지가 진실이고 거짓인지는 알 수 없지만 일반적으로 이 정도는 다른 공무원들도 잘 받는 편이다.

하물며 서로가 안면이 있는데. 그게 아니면 돈이 적었든가.

"혹시… 적어서?"

"예."

모든 일에는 정도가 있는 법이다. 갑의 입장에 있는 세무 공무원이라고 하늘 높은 줄 모르고 어깨가 솟아 있다면 결국은 문제가 생길 수밖에 없다.

"하하, 우리 현호 씨, 화끈하네."

현호의 요구는 과했지만 장선자는 오히려 미소를 보이며 지갑을 열었다. 그런데 다시금 고개를 든 그녀의 행동이 멈칫했다.

"…현호 씨?"

싸늘한 현호의 시선.

"세무사님."

"예."

"그거는 그냥 집어넣으시고요. 오늘은 뭣 좀 물어보려고 뵙자고 한 겁니다."

"예?"

장선자의 얼굴이 눈에 띌 정도로 딱딱해졌다.

"세무사님이 강남에서 개업하신 지도 10년이 넘었죠?"

"예, 그렇죠."

"그럼 대충 강남 돌아가는 상황 알 것 아닙니까?"

"그게 무슨?"

"적당히 하시라는 겁니다."

현호는 나직이, 그러나 분명히 경고했다.

"적당히요?"

장선자는 자신이 제대로 들었는지 확인차 되물었다.

"더 자세히 얘기해야 알아들으실까요? 아니면 그냥 조사과에 넘길까요?"

지방 세무서에도 조사과는 있다.

애초 특무과가 창설되면서 조사과를 없애자는 얘기가 나왔지만, 특무과가 특무부로 새 출범하면서 조사과는 남게 됐다.

다만 그 조사과라는 게 아무래도 세무서장의 입김을 받을 수밖에 없어서 그동안은 강남세무서 조사과가 유명무실했을 뿐이었다.

"아마 추징금 꽤 나오실 텐데."

현호는 그녀를 바로 쳐다보고 말했다.

"농담도 참."

장선자는 여우 같은 미소를 보였지만 눈동자는 이리저리 흔들리고 있었다. 어쩌면 현호 정도야 제 손에서 구워삶을 수 있겠다고 생각했는지도 모른다.

"저, 두 번 얘기 안 합니다. 그나마 옛일 생각해서 경고하러 온 거예요."

"무섭게 자꾸 왜 그래요? 내가 뭐 서운하게 했나?"

장선자는 계속해 미소를 보였다. 그럴수록 현호의 얼굴은 차갑게 식어갔다. 결국 장선자는 머뭇거리다가 어깨에 매고 온 가방을 챙겨서 자리에서 일어났다.

"오늘 얘기할 기분이 아니신가 보네. 그럼 저는 일어나 볼게요. 천천히 드시고 가세요. 계산은 제가 할 테니까."

"저 아직 얘기 안 끝났습니다. 앉으시죠."

현호의 시선이 다시 장선자에게 닿았다. 이번에는 장선자도 이마를 찌푸렸다.

"현호 씨, 내가 현호 씨를 중학생 때 봤어. 솜털이 뽀송뽀송했던 그때 기억이 남아서 좋게 생각하고 있었더니만… 이게 무슨 경우야?"

"앉아요."

"현호 씨!"

"앉으라고!"

현호가 고개를 치켜들었다. 그 얼굴에 서릿발이 내리는 눈이 번뜩이고 있었다.

*　　　　*　　　　*

"그래서요? 강남세무서라고?"

—그래, 내가 얼마나 황당했는데. 그런 눈은 살면서 본 적이 없어.

강태강이 세상에서 제일 듣기 싫은 소리가 여자의 징징대는 목소리다. 벌써 5분째 같은 목소리를 듣고 있으니 관자놀이가 지끈거릴 정도였다.

"알겠습니다. 끊을게요. 들어가 봐야 돼서."

신경질적으로 전화를 끊고, 강태강은 카운터에 수화기를 내려놓으며 주변을 살폈다. 현 시간부로 식당 내에는 아무도 없어야 했으며, 괜스레 직원들이 돌아다녀서도 안 됐다.

그는 식당 복도를 가로질러 박한원 의원이 있는 방 앞에 도착했다.

흩어져 있는 구두 몇 켤레를 눈으로 훑고, 그 역시 구두를 벗고 방으로 들어갔다.

드르륵.

"어딜 그렇게 돌아다녀?"

방 안의 무거운 침묵을 뚫고 누군가 강태강을 향해 책망하듯 물었다.

금진은행 이사 박한수였다.

박한원 의원의 동생인 그는 호리호리한 박한원과 달리 몸에 제법 살이 붙어 있었다.

손목에는 롤렉스 시계가 번쩍이고 있었고, 입고 있는 양복은 이백만 원짜리 수제 양복이었지만, 더 비싼 걸 입었다 해도 싼 티를 벗질 못하는 인물이었다.

"죄송합니다. 장선자 세무사한테 전화가 와서."

강태강은 가볍게 귀찮음을 감추고 묵례를 한 뒤, 박한수를 지나 구석에 앉았다. 그러고는 안에 있는 인물들을 한눈에 담았다.

'여섯.'

강태강을 제외한 이 자리에 모인 인물이 여섯이었다.

한누리당 당 대표 박한원과 그의 보좌관, 역시 한누리당 의원 둘, 금진은행 이사이자 박한원의 동생인 박한수, 자칭 애널리스트인 정보꾼 이성규, 그리고 마지막으로 관세청장 이주헌.

강태강은 그들을 하나하나 눈에 담은 뒤 묵직한 시선을 숙였다.

"그래서 청장님은 어떻게 생각하세요?"

얘기를 마친 정보꾼 이성규는 관세청장을 바라봤다.

이성규는 취미 삼아 관상을 배웠는데, 관세청장 이주헌의 관상은 먹이를 먹은 다람쥐처럼 볼이 불룩 나와 있고 귀가 늘어진 게 딱 욕심쟁이 관상이었다. 재수 없는 눈은 말할 것도 없고.

"그렇게 된다면 재밌겠네요."

"재밌다고요?"

이성규는 놀라서 눈썹을 추켜세웠다. 지금까지 나라가 휘청거릴지도 모른다는 어린 세무 공무원의 얘기를 늘어놓았건만, 기껏 하는 얘기가 재밌다니.

"정리할 곳은 정리하고, 키울 곳은 키우면 좋지 않겠습니까? 이참에 금융 구조 개혁도 좀 하고."

얘기를 끝내기 무섭게 입을 벌려 육회를 입안에 욱여넣는 이주헌의 모습을 보며 이성규는 말은 못 해도 '뭐, 이런 놈이 다 있나' 싶었다.

"그럼 의원님 생각은 어떤가요?"

이번에는 박한원 의원에게 물었다.

"글쎄, 재밌는 얘기네."

그렇지. 바로 이게 정상적인 반응이다.

이성규는 지난번 강남 큰손 박거성의 제안으로 공무원 하나를 만났다. 만나서 얘기 좀 듣고 평가해 보라는데, 처음에 그 공무원의 얼굴을 보자 솔직히 박거성에게 실망이 이만저만이 아니었다. 겨우 어린애 아닌가.

하지만 얘기를 귀담아들으면서, 아니, 얘기의 내용보다는 그 공무원 녀석의 눈을 보면서, 도저히 그냥 넘길 수가 없겠다는 생각이 들었다.

"그 친구 이름이 차현호라고?"

"예."

귀에 익숙한 이름이 들리자 고개를 숙이고 있던 강태강이 눈을 치켜뜨고 이성규를 바라봤다.

'차현호?'

좀 전에 장선자에게서 호출이 온 이유가 차현호란 사람 때문이었다. 장선자는 그에게 모욕을 당했으며, 위협을 받고 있고, 그를 서둘러 정리해야 할 대상이라고 했다.

'대수롭지 않게 생각했는데.'

이런 자리에서 오르내릴 인물이라면 한번 확인은 해봐야
했다.

"사실, 그 친구를 내가 한번 본 적이 있어."

박한원은 술잔을 입에 가져가기 전, 눈을 기울이며 말했다.
그러자 금진은행 이사 박한수가 이마에 가득 주름을 잡고 되
물었다.

"형님이 어떻게요?"

"그럴 일이 있었어. 보통이 아니더군."

"허허, 형님이 그렇게 말씀하실 정도면 인물은 인물인
데……."

"근데 어떻던가?"

불현듯 술잔을 내려놓은 박한원은 이성규를 돌아보고 물었
다.

하지만 제 잇속을 차리는 데 정신이 빠진 정보꾼 녀석은 영
문을 모르겠다는 듯이 고개를 갸우뚱하고 있었다.

"그 아이의 관상 말이야. 자네가 관상 좀 볼 줄 알잖아."

그제야 이성규는 난처한 듯 이마를 구기며 어쭙잖은 웃음
을 보였다.

"아… 하하. 관상은요, 무슨. 그냥 취미로 배운 건데요."

"말해봐."

박한원이 재촉해 묻자, 이성규가 잠시 망설이다가 입을 열었다.

"코가 아주 일품이더군요. 턱과 광대가 단단하고, 눈은 마치 마르지 않는 호수처럼 풍족함을 담고 있었습니다. 재산을 모을 팔자이고, 어떻게든 목표한 곳까지 바라봐야 직성이 풀릴 상이었습니다."

이성규는 그날 본 차현호에 대한 관상을 박한원에게 풀어 설명했다. 하지만 찜찜한 한 가지는 얘기할 수 없었다.

'분명 제대로 된 관상이 아니었지.'

죽어도 죽지 않을 상이었다. 그 말인즉, 이미 한 번 죽음의 문턱을 밟은 상이라는 뜻이었다. 그 나이대의 사람에게 있어서 안 되는, 말도 안 되는 관상인 것이다.

'관상은 무슨… 나도 엉터리구만.'

이성규는 말도 안 되는 생각에 피식 웃으며 고개를 내저었다. 관상은 그저 취미일 뿐이다. 박한원도 일종의 여흥으로 생각하고 물었을 것이다.

"근데 의원님, 저한테 하실 얘기가 있어서 부른 것 아닙니까? 크흠."

조용히 있던 관세청장 이주헌이 박한원을 향해 물었다. 눈을 희번덕거리는 모습이 불만이 가득해 보였다.

"세무대학 주 교수 일 때문에 불렀지."

얼마 전부터 한누리당은 민정당 원내대표의 보좌관이 강원도에 위치한 영인콘도의 기획 세무조사에 연루된 것을 두고 강하게 성토하는 중이었다.

해당 보좌관이야 자신이 모시는 의원의 총알받이가 된 것이지만, 하필 그의 부친이 세무대학 교수라는 이유 때문에 현재는 그 일과 관련해 세무대학까지 거론되는 상태였다.

"거, 가만 두시면 알아서 정리될 것을 굳이 그렇게 건드려야 했습니까?"

이주헌이 불만을 감추지 않고 내비쳤다.

박한원도 이미 이런 반응을 예상한 바였기에 그를 달래줄 요량으로 술 주전자를 기울였다. 이주헌이 망설이다 잔을 받치자 얘기를 계속했다.

"어쩔 수 없었네. 자네도 알잖아. 세무대학을 두고 전부터 말들이 많았는데, 이번 기회에 서로 합이 맞은 거지."

"하… 주 교수, 그 친구 암이라는데."

이주헌의 혼잣말에 술 주전자를 기울이던 박한원의 손이 멈췄다. 눈초리를 올려 이주헌에게 되물었다.

"얼마나 남았는데?"

"석 달? 두 달? 뭐, 길지는 않을 것 같습니다."

"흠, 그럼 국정조사는 석 달 정도 미뤄보지."

"그래 주십시오."

"주 교수와는 아는 사이인가?"

"뭐, 제 며느리 은사랍니다."

"며느님을 많이 아끼시나 보군."

주거니 받거니 하는 둘의 대화를 지켜보는 이성규의 눈썹이 점점 기울어졌다.

'며느리를 아껴?'

개소리다. 이주헌은 그저 박한원을 마음에 들어 하지 않을 뿐이다.

오히려 금번 세무대학 주 교수 건을 두고 박한원에게 태클을 걸려고 준비하다가 이렇게 들통이 나서 불려온 것이다.

박한원은 지금 이주헌에게 경고하고 있었고, 이주헌은 에둘러 경고를 알아들었다고 말하고 있는 중이었다.

'그러게 건들 사람을 건들어야지.'

이성규가 보기에는 박한원의 관상은 앞으로 정권이 두어 번 바뀌어도 살아남을 상이다. 물론 이주헌도 보통 관상은 아니지만.

"그럼, 전 이만 가보겠습니다. 북한산 좀 들어가야 봐야 할 것 같습니다."

이주헌이 일어났다. 남색 겉옷 단추를 잠그려 고개를 살짝 숙인 그에게 박한원이 불편한 시선으로 물었다.

"어른께서 부르셨나?"

"예."

대답을 끝으로 이주헌이 방을 빠져나갔다.

그래도 마지막에는 자신 뒤에 누가 있는지를 박한원에게 알리고 으름장을 놓고 갔다.

"저거, 저거, 쯧쯧."

박한수가 이주헌의 태도를 흉보듯 혀를 끌끌 찼다.

그러자 이어서 강태강이 자리에서 일어났다. 지금부터 나올 애기는 그가 낄 자리가 아니었기 때문이다.

물론 노인네들의 자존심 싸움을 지켜보는 것도 지겨워졌고.

                    *   *   *

"나왔다."

윤아리는 서둘러 차창을 내리고 카메라를 내밀었다. 카메라 앵글에 그녀가 찾는 먹잇감이 담겼다.

"강태강… 내가 너 찾으려고 서울을 이 잡듯이 뒤졌다."

입술을 씰룩거리며 윤아리는 카메라 셔터를 계속 눌렀다. 검지가 보이지 않을 정도였다.

찰칵, 찰칵.

"근데 선배, 저 강태강이라는 사람, 위험한 놈 아니에요?"

조수석에 앉은 후배 기자의 불안한 목소리에 윤아리가 눈을 찌푸리고 답했다.

"위험하지. 열라 위험할걸. 막 사람도 칼로 쑤시려나?"

윤아리는 그게 못내 궁금한 듯 고개를 갸우뚱하면서도 앵글에서 시선을 떼지 않았다.

"선배는 농담이 나와요? 저놈, 정치 깡패라면서요."

"정치 깡패는 무슨, 그냥 박한수 따까리지."

윤아리는 그동안 강태강의 존재를 지켜봐 왔다. 그는 금진 은행 이사 박한수 아래서 정재계 커넥션 역할을 해오고 있었 다. 주로 하는 일은 박한수가 관리하는 정재계 인사들에게 발 생하는 곤란한 일들을 처리하거나 무마시키는 일이었다.

찰칵, 찰칵.

'응?'

문득 앵글에 강태강의 시선이 닿았다고 느낀 순간.

"야, 숙여."

윤아리는 서둘러 의자를 뒤로 빼고 누웠다. 후배 기자의 조수석도 뒤로 벌렁 자빠졌다.

둘은 잠시 그 상태로 있었다.

"야, 저놈 눈치챈 것 같냐?"

윤아리가 후배에게 물었다. 고개를 들고 밖을 살피라는 신 호였다. 하지만 후배는 일어설 생각은 않고 속삭여 대답했다.

"선배, 저는 입사한 지 일 년밖에 안 됐거든요?"

"그래서?"

"선배는 5년 넘었죠?"

"그래서?"

"전 더 살아야 돼요."

"너 회사 들어가서 보자."

결국 윤아리가 슬쩍 고개를 들었다. 밖을 보니, 강태강은 여전히 식당 입구에서 담배를 태우고 있었다.

한데.

"어? 차 들어온다."

윤아리는 다시 조심스럽게 카메라를 내밀었다.

식당에 들어온 차량은 박한원 의원의 차 바로 옆에 멈췄다. 운전석에서 내린 남자는 주위를 한번 슥 돌아보더니 강태강에게 고개를 끄덕이고는 바로 행동을 이었다.

"저거 뭐 하는 거야?"

윤아리는 속삭임과 함께 박한원 의원 차량 트렁크에 사과 박스를 옮기는 남자를 지켜봤다.

남자는 계속해서 사과 박스를 옮겼다.

사과 박스 한 상자에 만 원짜리를 가득 채우면 4억에서 5억이다. 그런데 남자는 무려 사과 박스 다섯 상자를 옮기고 있었다.

"대박."

특종이다. 윤아리는 카메라 셔터를 계속해 눌렀다. 그때였다.

콰장창!

차의 운전석이 와장창 깨지고, 윤아리의 가슴과 무릎 위로 깨진 유리가 쏟아졌다. 그와 동시에 그녀는 손에 쥐고 있던 카메라를 빼앗겼다. 강태강이었다.

"어이, 아가씨, 뭐 하는 거야?"

"그, 그쪽이야말로 뭐 하는데?"

"누가 남의 얼굴 찍으라고 그랬어? 로션도 안 발랐는데."

강태강은 카메라에서 필름을 빼고 선심 쓰듯 카메라를 윤아리에게 내밀었다.

이를 악문 윤아리가 카메라를 빼앗듯 낚아채자, 강태강이 피 묻은 주먹을 흔들며 그녀를 눈에 담고 말했다.

"또 보면 이 손 치료비 청구할 거야."

뒤돌아선 강태강이 주차장 바닥에 깔린 자갈을 밟으며 사과 박스를 싣던 남자에게 향했다.

"저 개새끼."

윤아리는 읊조림과 함께 조수석을 돌아봤다. 후배 녀석은 넋이 빠져 있었다.

그 모습을 보는 윤아리의 입술이 바르르 떨렸다. 그녀의 손이 차 키를 붙든 순간, 입술 틈으로 뭉개진 음성이 흘러나왔다.

"강태강, 넌 좆 됐어. 필름, 아까 갈았거든?"

*　　　　*　　　　*

"미안하다."

성강대 철학과에 재학 중인 민철식은 미안함에 쓴 미소를 보였다.

현호는 오늘 그의 아버지인 민정욱 의원과 저녁 식사를 하려던 차였지만 민정욱 의원이 급한 일이 생겨서 이곳으로 오는 중에 차를 돌려야 했다.

"미안하긴요. 그럴 수도 있지."

현호는 아무렇지 않다는 듯이 미소를 보였다.

잠시 뒤 식사가 나왔다.

셋이 둘러앉을 테이블에 두 사람밖에 앉지 않았지만 식사는 이제 시작이었다. 민철식이 고기 한 점을 썰어 목으로 넘긴 뒤 다시 입을 열었다.

"근데 일을 너무 어렵게 생각할 필요가 있을까?"

민철식은 지금 금진은행 건을 얘기하고 있었다. 현호가 금진은행 건에 손을 대지 않기로 결정했기 때문이었다.

"나는 차라리 강한이에게 얘기해서 총재님을 뵙는 게 낫다고 생각하는데."

민철식은 계속 아쉬움을 토로했다. 아무래도 미련이 남는 모양이었다. 지금 그가 언급한 최강한의 할아버지 최병삼은 현 대한은행 총재로 재임 중인 분이었다.

그러니 금진은행 건을 그쪽에 알리고 도움을 청하는 것이 쉽고 빠른 해결 방법이라는 게 지금 민철식의 생각이었다.

"그건 어려울 것 같아요."

하지만 현호는 그 같은 생각에 회의적이었다.

금진은행 건은 훗날 제2금융권 은행들이 줄줄이 도산하는, 흔히 부실 저축은행 사태라고 불리는 사건의 일부분이 분명했다.

현호가 기억하기로는 저축은행 사태는 은행의 방만한 운영과 금융감독원의 부실 감사가 주된 이유였다.

그 일로 수많은 사람이 피눈물을 흘렸다.

하지만 그런 미래를 알면서도 현호는 이번에 금진은행 건에서 한발 물러설 생각이었다. 고민 끝에 내린 결론이었다.

"리스크가 너무 커요. 위험하기도 하고."

지난번 월연의 일이야 뒤에서 장명준이 지키고 있었기에 움직일 수 있었다. 정확히는 서울청 조사4국장 장명준의 의지가 담긴 일이었다.

하지만 지금 현호에게는 지난번과 같은 뒷배가 없었다. 무엇보다 세금 관련 건도 아니었고, 강남 지역에 국한된 일도 아니었다.

현호의 설명을 들은 민철식이 의아하다는 듯 바라봤다.

"윤선기 검사님이 계시잖아? 그분에게 부탁해도 되지 않을까? 찬대미 회원들이 이번에도 나서지, 뭐."

민철식의 말대로 현호에게는 찬대미가 있다. 분명 찬대미 회원들의 연줄을 유기적으로 이용할 수도 있을 것이다. 하지만 이번에도 현호는 고개를 가로저었다.

"검사님이 움직이기에는 명분이 없어요. 사건을 엮기에도 구체적으로 드러난 게 없고."

그렇다고 지난번처럼 긴 여정을 시도하기에는 시간적 제약이 있었다.

처음 현호는 한두진의 아버지, 그러니까 한성준 의원의 30억 세금 추징 건과 장명준을 엮어볼 생각이었다. 그런데 금진은행이 끼어들자 일이 너무 복잡해지고 커졌다.

최복규 기자가 현호에게 보여준 자료들에는 유력 정치 인사들까지 거론된 상황이었다.

그 때문에 현호의 머릿속에 빨간불이 켜졌다.

"어차피 한성준 의원 건은 처음부터 계획한 바도 아니었고, 그러니 금진은행 건은 여기서 끝내죠."

현호는 와인 한 모금으로 목을 축이고 이쯤에서 얘기를 정리했다.

한성준 의원 건을 알게 된 것은 변수였으며, 장선자와 마영환의 일에 관심을 갖게 된 것도 변수였다. 물론 금진은행 건도 변수.

한 마디로 모든 것이 돌발적으로 일어난 상황에서 계속 움직이기는 무리가 있었다. 그러니 스톱이다.

"…정 그렇다면 어쩔 수 없지. 그래도 해결하면 좋을 텐데, 아쉽네."

냅킨 한 장을 집으며 민철식은 아쉬운 표정을 감추지 않았다.

'민철식이 이 일에 너무 빠져드네.'

현호는 지금까지 해온 일들과 앞으로의 행보 등을 가능한 찬대미와 공유해 왔다. 이는 이들에게 동기부여와 성취감을 심어주려는 생각에서였다.

하지만 유독 민철식이 이 일에 너무 빠져들자 현호에게는 그것이 못내 불편해지기 시작했다.

현호의 기억 속 민철식의 아버지인 민정욱 의원은 18대 대선 후보에 오르게 된다.

결국에는 쓴 고배를 마시게 되지만, 지금 현호에게 있어 민정욱 의원은 중요한 카드 중 하나였다. 그러니 손에 쥐고 가야 했고, 그러기 위해서는 민철식과 함께해야 했다.

그런데 민철식과 얘기를 하면 할수록 삐걱거리는 느낌을 지울 수가 없었다. 더불어 민철식에게서 느껴지는 부조화도 한몫하고 있었다.

'불만.'

민철식에게서 불만이 보였다.

식사를 끝내고 레스토랑을 나와 헤어지기 전, 택시에 오른 민철식에게 현호가 바싹 다가가 말했다.

"아버님에게 박한원 의원과의 자리, 다시 한 번 마련해 달라고 말씀 좀 해주세요."

"그래, 알았다."

이번에 민철식은 지난번처럼 놀라지 않고 고개를 끄덕였다.

민철식을 태운 택시가 떠나는 모습을 바라보던 현호는 담배를 꺼내려다가 멈칫했다. 대학생인 듯 앳돼 보이는 여자들이 곁을 지나가고 있었다.

그 모습을 보니 문득 박진숙이 떠올랐고, 현호는 이유 없이 담배를 다시 주머니에 밀어 넣었다.

'쉽게 간다고?'

민철식의 얘기를 다시 끄집어내며 걷기 시작했다.

현호는 지금까지 민철식과 대화를 나눴지만, 그에게 미처 하지 못한 얘기가 있었다.

금진은행에서 손을 떼려는 가장 핵심적인 이유는 이 시대의 사람들이 저축은행 사태를 겪지 않았다는 점 때문이었다.

겪어보지 않으면 모르는 게 사람이다. 일어나지 않은 일을 일어날 것이라고 얘기한들, 공상이고 망상이라고 취급할 뿐이었다.

설사 자료를 찾아내서 엮는다 하더라도 누가 나서고, 누가 마무리를 지을까.

지난번에는 박승아로 인해서 박한원과 딜을 할 수 있었고, 검찰이 움직이는 데 명분을 세웠다.

하지만 이번에는 딜을 할 상대가 없었다. 그렇다고 박한원을 바로 찾을 수도 없다. 왜냐하면 금진은행 이사가 박한원의 동생이기 때문이다.

최복규가 내민 자료에는 그 같은 관계도가 존재했다.

만약 현호가 박한원과 딜을 한 사실을 알았다면 보여주지 않았을 게 분명한 자료였다.

'골치 아프네.'

현호가 박한원에게 두려움을 느끼는 것은 아니었다.

어차피 한 번, 아니, 두 번째 삶아가는 삶이기에 일을 하는 데 있어 두려움은 고려 대상이 아니다.

단지, 박한원이라는 정치인을 한 번 쓰고 버릴 패로 만들기에는 겨우 만든 지금의 관계가 아쉬울 수밖에 없었다.

며칠 전 장선자를 만난 현호는 그녀를 흔들어봤다.

낚싯대만 걸쳐 두고 하염없이 기다리기에는 너무도 흙탕물이라서, 돌을 던지고 물장구를 한번 쳐 본 것이다. 물고기가 많다면 떠오를 테고, 없다면 그저 흙탕물일 뿐이니까.

"후……."

하얀 입김이 피어오르는 겨울 날씨다.

현호는 거리의 사람들을 지나 인근 공원으로 걸음을 계속 옮겼다.

강남은 머지않아 대한민국의 핫스팟이 될 것이다. 신사동 가로수길, 압구정 로데오, 청담 명품 거리.

따지고 보면 그렇게 긴 시간도 아니다.

'불과 20년.'

20년이 지나면 이 휑한 도산공원 주변은 온통 식당가가 되고, 영화 촬영지가 되고, 연예인이 들락거리고, 사람들로 붐비

게 된다.

공원에 발을 들인 현호는 공원의 끝자락에서 걸음을 멈췄다. 희미한 가로등 불빛이 벤치에 내려와 있었다.

현호는 벤치에 앉아 팔짱을 낀 채로 눈을 감았다.

5분 정도가 지났을까.

낯선 구둣발이 앞에서 멈춰 서자 현호는 고개를 들었다.

이 밤의 어둠과 잘 어울리는 검은 정장을 입고 있는 남자가 눈에 들어왔다.

남자의 주먹은 단단해 보였고, 턱은 날렵하게 뻗어 있었다. 그리고 볼에는 뭔가에 베인 듯한 상처가 있었다.

인상적인 건 안광이 매섭게 꿈틀대는 반면에 얼굴 표정은 온화해 보인다는 점이었다.

"나를 왜 뒤쫓는 겁니까?"

놀라는 기색도 없이, 현호가 태평히 묻자 남자는 뒷짐을 지고 현호의 얼굴을 찬찬히 뜯어봤다.

"차현호, 올해 나이 스물. 고등학교 진학 대신 검정고시 패스, 연합고사와 학력고사 만점. 국립세무대학 졸업 및 창원세무서 연수. 창원세무서에서 공무원 2명의 비리를 적발, 강남세무서에 발령, 이도필 전 강남세무서장 및 그의 비리 라인을 적발. 현재는 강남세무서 법인세과 소속."

현호가 자리에서 일어나자 남자는 말을 멈췄다. 현호의 키가 182㎝, 남자의 키도 그와 엇비슷했다.

"제 팬입니까?"

"하하, 그러고 보니 팬이 됐네."

현호는 사흘 전부터 누군가 자신의 뒤를 미행하는 것을 알아챘다. 그도 그럴 것이 머릿속에 새겨진 기억에 같은 사람, 같은 차량이 반복해서 보이니 모르려야 모를 수가 없었다.

첫날에는 뚱뚱한 남자, 둘째 날에는 호리호리한 남자, 그리고 오늘은 지금 눈앞에 있는 남자까지.

"내가 그쪽에게 한마디 해주려고 온 거야."

남자는 주머니에 손을 꽂은 채 두 다리를 어깨 넓이로 벌리고 현호를 바라봤다. 그 얼굴이 꼭 성난 늑대처럼 보였다.

"얼마 전에 박한원 의원과 자리를 했던데, 그 정도면 그 나이 치고는 꽤 대단한 거야."

시답잖은 칭찬을 뱉고, 남자는 주머니에서 담배를 꺼내 입에 물었다.

남자는 불이 붙은 담배를 깊게 빨아들이더니 현호의 얼굴을 향해 연기를 뱉었다.

"조용히 지내라. 머지않아 박한원 의원이 널 부를 거다. 그때 가서 보은하고, 지금은 세무 공무원으로 그냥 살아. 뭐 하러 그렇게 설쳐? 비리 없는 세상 만들고 싶어?"

현호는 눈을 찌푸렸다.

자신 앞에 있는 남자가 보통 놈이 아니라는 것은 직감할 수 있었다. 손이며 얼굴에 흉터가 새겨진 것이 '나 깡패요' 하고 외치고 있었으니까.

"너 그 지랄해도 바뀌는 거 없는 게 대한민국이다, 인마. 그러니까……."

"말 참 많네."

현호는 남자의 말을 잘랐다.

"누가 바꾸고 싶대?"

"뭐?"

자신의 말허리가 잘리자, 남자는 담배를 쥔 손을 잠시 내려놓았다.

현호는 한 발 다가가 남자의 눈을 더욱 자세히 봤다.

"누가 비리 없는 세상 만들고 싶대?"

현호의 찌푸린 시선에 남자는 곧장 반응했다. 턱을 씰룩거리더니 주먹을 움켜쥐었다. 물론 그가 주먹을 휘두른다면 현호는 언제든 맞받아칠 준비가 돼 있었다.

하지만 그때, 환한 불빛이 둘을 비췄다. 공원을 순찰하던 공원 관리인의 손전등이었다.

"거기 두 사람, 뭐 하고 계시는 겁니까?"

"아, 별거 아니요."

남자가 손을 휘휘 저으며 말했다. 그러더니 현호를 향해 픽 웃고는 자신의 이름을 알렸다.

"나 강태강인데, 기억해 둬."

그가 현호의 어깨를 툭툭 두드리고 뒤돌았다.

                    *   *   *

"예?"

민철식과의 통화였다. 어제 그와 헤어지면서 현호는 박한원 의원과의 만남을 부탁했다.

하지만 박한원 의원은 그의 청을 거절했다. 정확히는 스케줄이 되질 않는다며, 추후 약속도 하지 않았다.

"예, 알겠어요."

끊어진 전화를 내려놓은 현호는 거실을 벗어나 옥상으로 향했다. 예전에는 옥상에서 장충도와 함께 자주 얘기를 나눴었던 현호였다.

현호의 부모님은 장충도가 나간 이후로 더 이상 집에 하숙생을 들이지 않았다. 미숙이가 커 가는데다, 아버지 사업이 궤도에 오르니 하숙을 칠 필요가 없어진 것이다.

'이렇게 나온다면……'

정리가 필요했다.

현호는 박한원 의원을 만나서 특무부로 자신을 인사이동 시켜달라고 부탁하려고 했다. 박한원 의원에게 그 정도는 충분히 받을 수 있을 거란 계산이었다.

이미 장선자를 건드림으로써 그쪽이 현호를 인지하게 된 상황이다. 그러니 금진은행과 관련이 있는 박한원으로서는 그 부탁을 들어주는 게 이득일 것이다.

어찌 됐든 현호를 강남에서 물러나게 할 수 있으니 그들로서도 적당히 타협하는 수준일 테고, 현호도 그 선에서 딱 멈출 생각이었다.

물론 창석이의 친구 한두진을 떠올리면 안타까운 게 사실이다. 그의 아버지 한성준 의원은 분명 정치권의 희생양이었으니까.

하지만 아무리 안타깝다 해도 이는 한성준 의원이 잘못을 저질렀기 때문에 벌어진 일이었다. 그 잘못을 미화할 수도 없는 노릇이고, 남은 그의 가족의 처지에 연민을 가질 수도 없는 노릇이다.

'…다른 길. 분명 다른 길이 있을 텐데.'

기자를 이용해 볼까.

하지만 현호는 그와 동시에 고개를 가로저었다. 그건 이미 창원세무서에서 써먹은 방법이었다.

물론 다시 써먹는 거야 문제는 없지만, 당분간은 최복규와 거리를 두는 게 좋을 것 같았다.

'윤아리.'

그녀에 대한 기억을 떠올리자, 현호의 앞에 윤아리의 모습이 나타났다.

선명한 기억이 만들어낸 실물을 바라보며, 현호는 팔짱을 낀 채로 그 주위를 돌며 그녀를 살폈다.

분명 기자로서는 눈에 띄는 외모였다.

그런 그녀가 왜 찬대미에 관심을 가졌을까.

대체 찬대미에서 그녀는 어떤 미래를 본 것일까.

현호로서는 예상치 못했던 그녀의 등장과 제안을 두고 호기심이 드는 게 사실이었다.

그녀의 말대로 찬대미는 내로라하는 집안의 자제들에, 회원 다수가 명문대 출신이다. 하지만 그녀의 추측이 모두 들어맞는 것은 아니었다.

현호는 다양성을 고려해 방호식과 같은 인물도 찬대미에 합류시켰다. 그러니 그녀의 말은 반은 맞고, 반은 틀렸다.

'응?'

현호는 집 안에서 울리는 전화벨 소리에 그녀에 대한 생각을 뒤로했다. 집에는 지금 아무도 없었다. 오랜만에 가족이 외식을 나갔고, 그는 좀 전에 퇴근을 했기 때문이다.

"여보세요?"

서둘러 옥상을 내려온 현호가 전화를 받았다. 그러자 다급한 목소리가 수화기를 타고 넘어왔다.

―현호야, 지금 당장 얼굴 좀 보자.

장충도의 목소리였다.

통화를 끝내자마자 현호는 집을 나와 곧장 택시에 몸을 실었다.

"경복궁이요."

목적지를 얘기하고 차창 밖을 바라봤다. 어두운 밤하늘엔 보름달이 환희 빛나고 있었다. 지금 시간이면 압구정에서 경복궁까지 30분 안에 갈 수 있을 것이다.

'현호야, 네가 만나볼 사람들이 있다.'

대체 누구일까.

장충도가 이 밤에 전화를 걸어와 다급한 목소리로 나오라고 할 정도라면 보통 인물이 아닐 것이다.

하지만 생각을 곱씹어 봐도 좀처럼 떠오르는 인물은 없었다. 그저 추측하기로는 장충도와 같은 특무부 직원일 거라고 생각해 볼 뿐이었다.

현호는 경복궁에 도착해 장충도가 얘기한 장소로 향했다. 궁금증으로 인해 그의 걸음이 빨라졌다.

식당 입구에 도착하니 마침 장충도가 나와서 기다리고 있었다.

"현호야!"

자신을 반기는 장충도의 얼굴을 보며 현호는 미소와 함께 그에게 다가갔다.

"춥지도 않냐?"

장충도는 청바지에 가죽 재킷만 걸치고 온 현호를 부럽다는 듯이 바라봤다.

"형이 빨리 오라면서?"

현호는 투덜대듯 반문하며 그를 따라 식당으로 들어갔다. 도착한 방 앞에서 신발을 벗고, 안으로 들어갔다.

들어서는 순간까지도 대체 누가 있을까 궁금했지만 현호의 눈에 비친 이들은 익숙한 얼굴이었다.

"최 조사관님?"

과거에 현호의 아버지를 담당했던 강남세무서 최영식 조사관이었다. 그와는 지난 태권도 어머니의 심의에서도 한 적이 있으며, 뿐만 아니라 최 조사관이 바로 특수세무조사과의 시작이기도 했다.

"우리 구면이죠?"

"말씀 편하게 하세요."

"그럴까? 만나서 반가워."

최 조사관이 일어나 현호에게 악수를 청했다. 엉겁결에 손을 잡고서 인사하자, 이번에는 최 조사관이 옆에 있는 남자를 현호에게 소개했다.

"성시원 조사관, 이 사람도 특무부 소속이야."

그는 과거 한유라의 문구점 사건에서 영선중학교를 찾아와 조사를 시행했던 특무부 소속의 공무원 중 한 사람이었다. 확실히 현호의 기억에 남아 있는 사람이었다.

성 조사관은 꾹 다문 입매와 옅은 갈색의 눈동자가 인상적인 남자였다.

"처음 뵙겠습니다. 차현호라고 합니다."

"얘기는 많이 들었어요. 앉아요."

현호가 자리에 앉자 장충도, 최영식, 성시원 조사관의 시선이 동시에 그를 향했다. 마주 본 세 사람의 시선에 현호는 미소를 지으며 이곳에 자신을 오라고 한 이유를 물었다.

"절 왜 보자고 하신 거죠?"

"그거야 우리가 널 택했으니까."

장충도가 가볍게 얘기를 꺼내자 최 조사관이 고개를 천천히 끄덕이며 얘기를 이어갔다.

"장 조사관에게 강남세무서 비리 건에 대해 얘길 듣고 내심 놀랐어."

"제가 한 거 별로 없습니다. 서울청 장명준 조사4국장님이 계획했고, 저는 움직였을 뿐인데요."

현호는 의도적으로 이들 앞에서 장명준을 거론해 봤다. 그러자 예상대로 셋의 시선들이 꿈틀거렸다.

"실은 그 때문에 부른 거야. 자네도 장 조사관에게 얘기는 들었겠지만, 오늘 자네를 부른 건……."

최 조사관은 잠시 말꼬리를 흐렸다. 현호는 그의 눈동자에 비친 흔들림과 입가의 망설임, 볼에 흐르는 미세한 경련을 보면서 그가 뭔가를 주저하고 있음을 바로 알 수 있었다.

"그전에 현호 씨에게 한 가지를 묻고 싶네요."

이번에는 성시원 조사관이 입을 열자 최 조사관이 한발 물러서듯 어깨를 빼고 앉았다. 반면 현호는 대충 뭘 얘기하고 싶은지 느낌이 왔기에 기다리지 않고 먼저 되물었다.

"장명준 국장님하고 저와의 관계 말씀이십니까?"

"…그걸 어떻게."

장충도를 제외한 두 사람은 짐짓 놀란 눈치였다. 장충도야 현호를 오래 지켜봐 왔다지만 두 사람은 현호를 직접적으로 마주한 적이 없었다.

"말했잖아요, 보통 놈이 아니라고. 눈치도, 머리도, 우리보다 몇 발은 앞서는 놈입니다."

장충도가 의기양양한 미소를 띠고 웃었다. 현호는 그를 향해 장난스럽게 씨익 한 번 마주 웃어주고 얘기를 시작했다.

"저는 결정했습니다. 특무부 가고 싶습니다."

그 말에 셋의 얼굴에 묘한 들썩임이 있었다.

"한데 자네도 알다시피 그 자리는 서울청 장명준 국장의 내정이나 다름없어. 그래서 우리 셋이 모인 거야. 자네를 어떻게든 데려오려고."

이들로서는 장명준이라는 폭탄을 안느니, 현호가 특무부의 빈자리에 앉는 게 좋을 것이다. 마음 같아서는 국민학생 어린 아이라도 앉히고 싶은 게 이들의 심정일 것이다.

"그래서 세 분이 저를 특무부에 데려가실 수 있습니까?"

현호는 핵심을 꼬집어 물었다. 지금 이들 말처럼 장명준 국장이 거의 내정된 상태인데, 셋이 모인다고 바뀔 간단한 문제가 아니었다.

애초 현호는 독자 노선으로 특무부에 입성하려 했다.

하지만 박한원이 그를 피하는 마당에 고집을 피울 이유가 없었다.

물론 방법이 아주 없는 것은 아니지만, 단지 그 방법들이 어떤 것은 너무 눈에 띄고, 어떤 것은 너무 무리이며, 또 어떤 것은 너무 급했다.

"사실 방법은 없어."

장충도가 체념하듯 말하자 그 말에 최 조사관도 고개를 끄덕였다.

"우리가 자네를 면접 보는 것도 아니고, 그렇다고 장명준 국장에게 결격 사유가 생기기를 바라는 것도 뜬구름 잡는 격이니 말이야."

"오늘 우리는 차현호 씨 하고 논의하려고 온 겁니다. 괜스레 기대를 줄 생각도 없고, 오늘 논의 끝에 방법이 없다 치면, 여기서 관둘 생각도 가지고 있습니다."

이어진 성시원의 말에 현호는 고개를 끄덕였다. 잠시 생각한 뒤에 지금까지의 얘기를 모았다.

"정리해 보죠. 결론은 장명준 국장님입니다. 그분에게 결격 사유가 걸린다면 특무부는 문제가 없는 거 아닌가요? 그때는 굳이 제가 아니더라도 누가 특무부에 가든 상관없는 거고요. 아닌가요?"

"맞아."

최 조사관이 바로 고개를 끄덕였다.

이제 현호는 지금 눈앞에 앉은 세 사람이 자신을 찾아왔다는 것에 주목했다.

"만약 제가 어떤 법인 하나를 거론한다면, 특무부에서 조사할 수 있겠습니까?"

"장명준 국장하고 연관돼 있는 곳인가?"

최 조사관이 눈치 빠르게 물었다.

"예."

하지만 역으로 이번에는 장충도의 눈이 찌푸려졌다.

그 딴에는 현호가 특무부에 오기를 바라는 거지, 장명준이 다치는 것까지는 바라지 않고 있었다. 자신의 큰아버지이고 한때 은혜를 입었으니 당연한 반응이었다.

현호도 그 사실을 알기에 일부러 생각을 곱씹지 않고 지금 자리에서 바로 꺼낸 것이다.

"일리가 있어."

잠시 생각을 잇던 성 조사관이 눈을 찌푸리며 입술을 깨물고 읊조렸다.

"하지만 그렇게 되면 서울청이랑 특무부가 완전히 갈리게 되는데……."

최 조사관의 얼굴이 심각해졌다. 현호의 얘기를 미처 생각하지 못했다는 반응이었다.

그들은 그저 현호를 어떻게든 특무부에 넣을 생각만 했지,

역으로 장명준을 칠 생각은 하지 않았다.

하지만 현호의 얘기로 인해 그 같은 생각의 물꼬가 열리자 갑자기 운신(運身)의 폭이 넓어졌다. 물론 당장 명확한 비전을 그리기는 벅찰 것이다.

"만약 특무부에서 움직인다고 하면 일이 쉬워질 수도 있습니다."

현호의 지금 생각은 이러했다.

특무부가 장선자의 세무 법인 창을 조사한다.

창을 건들면, 그 안에 숨어 있던 금진은행이 고개를 내밀 것이다.

마치 소금에 닿은 미꾸라지가 온몸을 꿈틀대듯, 금진은행이 수면에 뜰 것이다.

그렇다면 숨어버린 박한원이 다시 움직일 가능성이 커진다.

설사 박한원이 움직이지 않는다 해도 금진은행을 털면 꼬리는 드러나게 돼 있다.

'잘만 하면… 될 수도 있겠는데.'

지금 순간 현호는 버려뒀던 금진은행 건을 다시 손에 쥐었다. 특무부 세 사람의 등장이 꺼진 촛불에 불을 붙인 것이다.

식사가 들어오자 얘기는 잠시 미뤄졌다.

대신에 특무부 세 사람은 현호가 앞으로 특무부에 오게 됐을 경우에 대비해서 일종의 팁을 알려줬다.

특무부의 핵심은 불법 은닉 재산 환수 및 세금 추징이다.

그 권한 역시도 막강해서 가능한 대상자의 총 재산에 압류가 걸리며, 4촌 이내까지 체크하는 기존 세무조사와 달리 특무부는 8촌 이내의 직계혈족까지 체크한다고 했다.

특무부 발동 기준은 세금 체납, 은닉 재산 확인시, 조세포탈 확인시, 신속 대응 필요시, 기관장 급의 재량(재정경제원 차관).

특무부 권한은 대상 취조 가능, 대상 계좌 조회 및 동결 가능, 은닉 재산 및 유사 재산 발견시 임의 회수 및 압류 가능.

마지막으로는 범죄 처리의 경우 검찰 내 특무부 담당 팀이 맡는다.

이 모든 얘기를 들었을 때 현호는 입을 다물 수가 없었다.

'이럴 수가.'

놀라워서 절로 헛웃음이 흘렀다.

이 정도였단 말인가. 특무부가 아니라 현대판 암행어사로 불러야 될 정도였다.

'나야말로 우물 안 개구리였네.'

현호는 장충도가 특무부를 제안해 오기 전까지는 특무부에 대한 생각은 가지지 않고 있었다. 이전 삶에서는 특무부가 존재하지 않았다는 불안 요소 때문이었다.

하지만 이제는 아니다. 그 어느 때보다도 욕심이 가슴에서 꿈틀거리고 있었다.

"그래서 어떻습니까? 특무부를 움직일 수 있겠습니까?"

식사가 끝났으니 현호는 듣지 못한 답을 듣기 위해 물었다.

물론 이들 개개인이 특무부를 움직일 수는 없을 것이다. 하지만 셋이라면, 그때는 얘기가 달라진다. 셋이면 비리도 저지를 수 있는 인원이다.

"나는 찬성."

성 조사관이 먼저 말문을 열었다. 최 조사관은 의견을 내는 대신 장충도를 바라봤다. 고개를 푹 숙인 장충도에게서 한숨 소리가 흘렀다.

다들 그 마음을 충분히 이해하고 있기에 잠시 적막이 흘렀다.

일단 특무부가 발동이 되면 세 사람이 시작한 일일지라도 멈추기는 쉽지 않을 것이다.

지금까지 현호가 새겨들은 특무부의 발동 기준과 권한을 봤을 때, 사실상 장선자는 끝났다고 봐야 했다.

'하지만 금진은행까지 가려면 세 사람 갖고는 안 될 텐데.'

또 다른 누군가 있어야 한다. 확실한 뒷배가 돼 나서줄 사람이 있어야 한다.

'흠…….'

활활 타오르던 촛불이 다시금 잠잠해진 그때였다.

최 조사관이 자리에서 일어났다. 그는 일어선 채로 한숨을 흘리고는 회색 코트를 챙겨 들었다.

"현호는 나 하고 먼저 일어나자. 만나볼 사람이 있어."

"만나볼 사람이요?"

"근데 조금 먼데… 괜찮겠니?"

"어딘데요?"

현호가 재킷을 걸치며 최 조사관을 돌아봤다.

"대전."

대전이라는 소리에 현호는 이마를 찌푸렸다.

이 밤에 대전까지 내려갈 이유가 뭔지 묻고 싶었지만 이내 고개를 끄덕였다. 이들 셋이 도원결의하듯 뭉쳤는데, 이제와 혼자만 뺄 수는 없었다.

현호는 장충도와 성 조사관에게 인사를 하고 최 조사관을 따라나섰다.

"잠깐만 기다려라. 전화 좀 하고 올게."

최 조사관이 카운터에서 통화하는 동안 현호는 그의 차 옆에서 기다렸다.

'대전이라.'

그곳에 뭐가 있을까.

주차장 바닥의 자갈을 걷어차며 생각을 잇던 현호가 고개를 치켜들었다.

'관세청?'

세무 공무원 입장에서 봤을 때 떠오른 게 관세청이었다. 대전에 관세청 청사가 있기 때문이다.

잠시 뒤에 최 조사관이 식당에서 나왔다. 그는 한시름 놓은 얼굴이었다.

"타라."

차에 타자 최 조사관이 미소를 띠고 히터를 틀며 말했다.

"대전까지 안 내려가도 되겠다. 며칠 전에 휴가차 서울로 올라 오셨다네."

"누군데요?"

현호의 질문에 최 조사관은 차 키를 돌리고 피식 웃었다.

"관세청장님."

현호의 예상이 맞았다. 하지만 그 말을 들은 현호의 얼굴이 가득 구겨졌다.

관세청 청장 이주헌.

'그 양반은 나라를 말아먹을 개자식인데……'

*　　　　*　　　　*

최 조사관의 차는 성북동에 도착했다.

한눈에 봐도 고급 주택 단지였고, 해외 정부 관료 및 국내 고위직 관료들이 살고 있는 마당 딸린 집들이 주르르 이어져 있었다.

최 조사관의 차는 마치 어둠 속에서 물살을 헤쳐 나아가듯 천천히 움직였다.

그리 오래지 않아 관세청장 이주헌의 자택 앞에 도착했다.

바로 철문이 열리자 최 조사관의 차가 안으로 들어섰다.

기다리고 있던 이주헌의 식솔의 안내대로 마당에 차를 세우고 최 조사관과 현호는 차에서 내렸다.

"안에서 기다리고 계십니다."

식솔을 따라 돌계단을 올라 자택에 들어갔다. 이어 현호는 거실로, 최 조사관은 서재로 걸음이 갈렸다.

최 조사관이 먼저 이주헌과 얘기를 나누는 동안, 현호는 거실 한편에 마련된 소파에 앉아 테이블에 놓인 커피 향에 코를 찌푸리고 대기해야 했다.

'이주헌.'

그는 대한민국에 IMF을 몰고 온 주역 중 한 사람이다.

머지않아 재정경제원 차관에 오르게 되는 그는 수출 기업을 위해 고환율 정책을 펌으로서 서민들에게 물가 폭등이라는 고통을 선사할 것이다.

더 놀라운 것은, 그 같은 실적에도 불구하고 그는 넘어지지 않는다는 사실이다. 오히려 계속 승승장구하게 된다.

심지어 훗날 방송에 출연한 그는 원 없이 나랏돈을 써봤다는 천인공노할 발언을 서슴지 않는다.

현호는 이전 삶에서 그와 직접적 관계는 없었다.

물론 IMF로 온 국민이 힘들었으니 그 여파를 피할 수 없었지만, 그렇다고 인간적인 관계가 있었던 것은 아니었다.

그러기에는 이주헌이라는 상대는 아무나 다가갈 수 없는

다른 세상의 존재였으며, 세무사 차현호는 그 앞에서 거론될 수조차 없는 먼지 같은 존재였다.

그런데 지금 삶에서 현호는 이주헌의 선택을 기다리고 있는 처지였다.

'손을 잡아야 하나.'

현호는 고민에, 또 고민을 이어갔다. 여기로 오는 동안에도 답이 나오지 않았다.

아직 최 조사관과 장충도, 성시원은 금진은행에 대해서는 모르는 상태였다. 그들은 그저 현호가 거론한 법인이 장명준하고 연관돼 있다 정도만 알고 있을 뿐이었다.

자신들이 아는 정보의 범위가 그뿐인데도 여기에 데려왔다는 것은 이 일을 확실히, 그리고 속전속결로 끝내려는 생각인 듯했다.

특무부 결원을 채울 면접이 얼마 남지 않은 상황이니 이들로서도 선택지가 많지 않은 것이다.

현재 상황만 두고 봤을 때 최 조사관이 이주헌과 어떤 관계이고, 현호를 여기에 무슨 생각으로 데려왔는지는 모르겠지만, 어찌 됐든 현호로서는 이주헌이 뒷배가 돼 준다면 금진은행을 건드려 볼 수 있었다.

달리 보면 최 조사관으로서는 의도치 않은 굿 초이스가 된 것이다.

물론 이 모든 것은 현호가 이주헌의 손을 잡았을 때, 정확히는 이주헌의 선택을 받았을 때 가능한 일이었다.

"이제 들어오시랍니다."

현호는 고개를 들어 다가온 남자를 바라봤다. 식솔의 묵직한 시선을 느끼며 현호는 소파에서 일어났다.

안내받은 서재에 도착하니 최 조사관이 서재 문을 열고 안에서 나왔다. 그는 침묵 속에서 현호의 어깨를 툭 건드렸고, 일어선 현호는 누가 시키지 않았음에도 문을 열고 서재로 들어갔다.

'이주헌.'

현호는 자신을 바라보고 있는 이주헌을 마주 봤다. 잠시 시선이 마주쳤다.

"안녕하십니까. 강남세무서 법인세과에 근무하고 있는 차현호라고 합니다."

이주헌은 대답하지 않았다. 그저 현호를 뚫어지게 바라보며 위아래로 훑고 있을 뿐이었다.

시간은 초조히 흘러갔다.

현호는 지금 순간 3단계 능력을 펼쳤다. 주변의 모든 것이 일순간 멈추자, 손목시계의 초침이 힘겹게 넘어가는 소리가 느껴지는 것 같았다.

마치 이 안의 모든 것이 일순간 부유(浮游)하는 느낌이었다. 능력을 풀었을 때 다시 바닥에 쏟아질까 두려울 정도였다.

이주헌의 입술이 느릿느릿 벌어진 순간, 현호는 찌푸린 미간을 풀었다.

"그래, 강남세무서에 있다고?"

"예."

이주헌은 차현호의 얼굴을 눈에 담으며 며칠 전 한누리당 의원 박한원을 만나러 갔던 일을 떠올렸다. 그때 정보꾼 이성규가 얘기했던 인물, 그가 바로 지금 눈앞에 있는 차현호였다.

'궁금했는데… 이렇게 만날 줄이야.'

신기하고 특이한 일이었다.

'좋은 인연이 될 것인가, 싫은 인연이 될 것인가.'

이주헌의 고심이 깊어져 갔다.

아니다, 라는 생각이 들면 자르면 되지만, 잘랐을 때 내 살점이 얼마나 뜯겨져 나갈지를 잘 판단해야 했다.

"박한원 의원을 만났었다고?"

"예."

현호는 이주헌이 최 조사관에게 전해 들었을 거라고 생각했다. 최 조사관은 물론 장충도에게 얘기를 들었을 테고, 장충도는 장명준에게……

'아니지……'

생각의 교차점을 이어가던 현호는 순간 눈을 찌푸렸다.

'내가 박한원 의원을 만난 것은 장명준 국장도 모르는 일인데?'

그럼 이주헌이 어떻게 알았을까.

"자네가 거론할 법인이 어디인데?"

"세무 법인 '창'입니다."

생각은 복잡했지만 현호는 대답을 하는 데 있어 망설이지 않았다.

"창? 거기 뭐가 있는지 알고 하는 얘기인가?"

이번에도 현호의 머릿속에 오만 가지 생각이 펼쳐졌다.

지금 이주헌은 세무 법인 창에 금진은행이 있음을 알고 있는 얼굴이었다.

"금진은행이 있습니다."

바로 이어진 현호의 대답에 이주헌의 이마에 주름 가닥이 잡혔다.

현호는 이주헌이 세무 법인 창에 금진은행이 숨어 있음을 알고 있다는 것에 놀랐고, 이주헌도 현호가 그 사실을 알고 있다는 것에 놀라고 있었다.

"그걸 어떻게 알았어?"

이주헌의 얼굴이 변화무쌍하게 변했다. 그 위로 놀라움과 호기심, 기이함이 물들었다.

서로가 한 가지 공통된 사실을 알고 있다는 것은 중요치가 않다. 단지 그 정보를 어디서, 어떻게 각자가 알았냐는 게 중요했다.

"우연히 알게 됐습니다. 그리고 금진은행이 허위 대출을 일삼고 있다는 것도 알고 있습니다."

"그렇다면 금진은행을 건들면, 박한원 의원을 건든다는 것도 알고 있겠네?"

"예."

현호는 바로 고개를 끄덕이며 이주헌을 살폈다. 지금의 의미를 어떻게 받아들이냐에 따라서 그의 반응은 달라질 것이다.

"허, 그런데도 특무부가 창을 건들기를 바랐다는 거야?"

"예."

"허허."

이주헌은 얼굴 주름을 들썩였다. 조용히, 그러나 확실히 웃고 있었다. 그 웃음 뒤 다시 현호를 바라봤다.

"그 제안은 마음에 들지만 아직 박한원은 건들 수가 없어. 그 양반도 수틀리면 골치 아프거든."

지난번에 이주헌은 박한원 의원과 자리를 가졌다. 정확히는 박한원에게 불려갔었다. 밟길래 꿈틀거려 보긴 했지만, 그 수모를 잊을 수가 없다.

하지만 정치권에서는 누가 때린다고 무턱대고 같이 싸울 수는 없는 노릇이었다. 이길 수 있을 때만 싸운다. 그 어떤 경우라도 져서는 안 됐다.

"그럼 이렇게 하면 어떨까요?"

현호가 조심스럽게 입을 열었다. 좀 전, 이주헌의 웃음을 보면서 그는 결정을 내렸다. 이주헌의 배에 잠시 편승하기로.

그 기간이 잠시가 될지, 아니면 긴 여정이 될지는 지금 당장 확신할 수는 없지만 어찌 됐든 이주헌의 배에 타기로 했으니 표값은 내야 했다.

* * *

북북.

윤아리는 손에 집은 기사 초안을 갈기갈기 찢어발겼다. 그 옆에서 최복규는 기가 질린다는 표정으로 고개를 내저었다.

"미친년아, 이 미친년아, 그런다고 결과가 달라지냐?"

"기껏 기사 쓰면 뭐 해요? 이렇게 킬 당하는데? 부장님 미친 거 아니야?"

"인마, 부장님까지 가지도 못했어. 차장님 선에서 킬된 거야."

그 말에 윤아리의 불똥이 최복규에게 튀었다.

"선배는 뭐 했는데요?"

"선배 아니고 선배님! 이 자식이 하늘 같은 선배한테. 오냐오냐 해줬더니만."

"하……."

윤아리는 한숨을 쉬고는 자리에서 일어났다. 그녀는 곧장 차 키와 가방을 챙겼다.

"어디 가려고?"

"현장 취재."

"무슨 취재?"

"금진은행과 박한원, 그리고 강태강에 관한 기사 보완 조치!"

윤아리는 신경질적으로 얘기하고는 보도국을 빠져나가 버렸다.

"쯧쯧, 저 미친."

최복규는 혀를 끌끌 찼다. 하지만 윤아리의 심정이 이해 안 가는 건 아니었다.

그 자신도 한성준 의원의 세금 추징과 관련해 금진은행에 관한 조사를 하고 있었고, 윤아리는 정치 깡패 강태강에 대한 칼럼을 준비하는 중이었다.

문제는 윤아리의 기사에는 강태강과 금진은행 이사 박한수의 관계, 거기에 이어진 박한원 의원에 대한 내용까지 담겨 있었다. 그러니 기사가 킬 당할 수밖에 없었다.

애초부터 mbs는 박한원 의원과 관련된 기사 아이템은 모조리 킬이었으니까.

사실 최복규 역시도 예전 한성준 의원 관련 기사가 킬 당했을 때, 윤아리와 별반 다르지 않은 반응을 보였었다.

'…이 거지 같은.'

최복규는 고개를 절레절레 흔들며 자신의 자리로 돌아왔다. 책상에 앉으려는데, 누군가 전화기 위에 포스트잇을 붙여

놓은 게 보였다.

강남세무서 차현호 연락 요망.

'차현호?'

순간 최복규의 눈썹이 추켜세워졌다. 자리에서 벌떡 일어난 그가 외쳤다.

"야, 이 메모 누가 쓴 거야?"

"저, 전데요?"

얼마 전 들어온 신입 하나가 쭈뼛쭈뼛 자리에서 일어났다.

"아니다, 됐다."

최복규는 한숨을 내쉬고 전화기를 붙잡았다. 잠시 신호가 이어졌다.

"차현호 씨? 저 최복규입니다."

차현호와 통화를 끝낸 최복규는 잔뜩 상기된 얼굴을 들고 윤아리의 책상으로 달려갔다.

책상 하단의 쓰레기통을 정신없이 뒤적인 끝에 그가 갈기갈기 찢겨진 윤아리의 기사 초안을 꺼내 들었다.

"테이프, 테이프."

중얼거리며 테이프를 찾았지만 보이지가 않았다. 급기야 그는 고함을 질렀다.

"테이프! 테이프 가져와!"

신입 기자가 서둘러 녹화 테이프 한 개를 가져왔다. 그러자 최복규가 녀석을 잡아먹을 듯이 노려봤다.

"너 죽을래? 스카치테이프, 인마!"

놀라서 껑충 뛰어간 신입 기자가 스카치테이프를 가져오자, 최복규는 찢어진 종이를 쫙쫙 이어 붙인 다음에 바로 차장실로 달려갔다.

"차장님!"

문을 벌컥 열고 들어온 최복규의 모습에 차장이 눈을 찌푸렸다. 그는 신문에 실린 단어 퍼즐을 맞추는 중이었다.

"아, 진짜, 니들은 위아래도 없냐?"

차장은 아까 최복규가 윤아리에게 했던 말을 고대로 뱉으며 인상을 찌푸렸지만, 최복규는 아랑곳하지 않고 그에게 다가가 책상 위에 윤아리의 기사를 올려놓았다.

정확히는 찢어졌지만 스카치테이프로 덕지덕지 붙인 기사였다.

"이 자식들 보게. 내가 니들 인생을 킬 해줄까? 밥줄 끊겨볼래?"

"이거 기사 낼 수 있어요."

"안 된다니까!"

차장이 벌떡 일어나 외쳤다. 씰룩 나온 볼이 잔뜩 일그러졌지만 최복규도 물러서지 않았다.

"박한원 의원 건만 빼서 보도하면 됩니다."

"금진은행 박한수가 박한원 동생인데 어떻게 빼고 해? 니들 정말 내가 부장한테 쿠사리 먹고 사장님한테 끌려가는 거 보고 싶냐?"

그 말에 최복규는 잠시 말이 없었다. 그제야 차장은 제 허리춤에 손을 얹고 분위기를 진정시키려 후우, 하고 한숨을 뱉었다.

"나가봐."

하지만 최복규는 나가지 않고 상기된 얼굴로 다시금 말했다.

"특무부에서 금진은행 건든 답니다."

"뭐?"

차장이 영문을 몰라 고개를 기울이자, 최복규는 차장의 책상 위에 나열된 볼펜 중 하나를 서둘러 집었다.

이어 그는 윤아리의 초안 기사에서 단어 2개를 죽죽 그어버렸다. 그리고 그어버린 단어 위에 새로운 단어를 적어 넣었다.

우선 금진은행 대신에 '세무 법인 창'이라고 적어 넣었고, 그다음 박한원 의원 대신에 '장명준 서울청 조사4국장'이라는 이름을 적어 넣었다.

"이렇게 하면 돼요."

"너, 너 무슨 소리를 하는 거야? 특무부 조사가 확실한 거야?"

"확실해요. 왜냐하면 벌써 조사 들어갔으니까."

"뭐어?"

차장의 눈동자가 떼구루루 굴렀다. 그는 최복규가 손에 쥔 기사를 낚아챘다.

"기사 내용은 확실한 거지?"

"확실하다니까요."

차장이 마른침을 꿀꺽 삼키더니 속삭였다.

"이거, 오늘 저녁 뉴스 메인이다."

그 말에 최복규가 회심의 미소를 짓자 차장이 고개를 들고 외쳤다.

"뭐 하고 있어, 인마! 당장 윤아리 불러 와!"

*   *   *

[특무부 세무조사 착수, '세무 법인 창'은 어디?]

mbs 저녁 뉴스에 특무부 세무조사가 메인으로 올라왔다.

특무부는 특성상 그 움직임 하나에도 세상의 이목을 끌 수밖에 없었다.

은닉 재산이라는 타이틀은 사람들에게 호기심을 주었고, 환수 및 세금 추징이라는 단어는 사람들의 궁금증과 기대를 자극했다.

하물며 이처럼 특무부 세무조사 당일, 언론에 노출된 것은 처음이었다.

더구나 그 대상이 세무 법인.

세무서와 세무 법인은 '세금'이라는 이해관계로 묶인 관계였기에, 특무부가 세무 법인에 칼을 겨눴다는 사실을 두고 일선 관계자들 사이에서는 이례적이라는 반응이 주를 이루고 있었다.

현호 덕분에 특종을 차지한 mbs는 최복규를 중심으로 바로 후속 보도에 들어갔으며, mbs에게 선두를 뺏긴 타 방송사는 '세무 법인 창'에 초점을 맞춰 새로운 방향 전환을 꾀기 바빴다.

그 시각 세무 법인 창의 대표인 장선자는 특무부에 소환돼 종로에 위치한 특무부 청사에서 조사를 받고 있었다. 이곳에서 1차 조사를 거친 후, 검찰에서 2차 조사로 이어지는 강도 높은 조사였다.

"금진은행에 대해 얘기할 게 있습니까?"

장충도는 느릿느릿 입을 열었다. 장선자가 팔짱을 낀 채로 그를 노려보고 있었다.

"말할 게 있어야 말하죠."

장선자의 대답은 당당했지만, 그 얼굴에는 긴장이 서려 있었다.

어찌 됐든 세무조사에 끌려왔다, 세금 추징을 당할 것은 불

을 보듯 뻔한 일. 더구나 사돈의 팔촌까지 탈탈 턴다는 특무
부니 긴장하지 않을 수가 없을 것이다.

"말하기 싫으면 하지 않아도 됩니다."

장충도는 비협조적인 장선자에게 더 얘기할 필요성을 느끼
지 못하고 자리에서 일어났다. 그가 일어나자 장선자의 눈이
동그래졌다.

취조가 싱겁게 끝나니 도리어 덜컥 겁이 났다.

장충도는 불안해하는 그녀를 내려다보며 말했다.

"우리는 말입니다, 당신 사무실에 있는 종잇장에 동그라미
하나만 적혀 있어도 어떻게든 찾아내는 사람들입니다. 협조하
든지 말든지 상관없어요. 단, 협조 안 하면 당신이 독박 쓰는
겁니다."

장충도의 눈에서 칼바람이 휘몰아쳤다.

침을 꿀꺽 삼킨 장선자의 목에 바르르 긴장이 흘렀다.

*   *   *

특무부 세무조사로 인해 강남세무서에도 긴장이 흘렀다.

'세무 법인 창'이 강남 관할이니 당연한 수순이었다. 이는 서
울청 조사4국이 이도필의 비리 라인을 쳤을 때와는 비교할
수 없는 악재였다.

이러다가는 자칫 잘못해 강남세무서에 또다시 피바람이 불

어올 수가 있었다.

반면 현호로서는 본의 아니게 자신이 지금까지 강남세무서에 불어온 모든 피바람에 시작이었고 구심점이 됐다고 볼 수 있었다.

'마영환.'

현호는 마영환이 담배를 손에 쥐고 법인세과를 빠져나가는 모습을 보고 자리에서 일어났다.

누가 쫓아오기라도 하는지, 마영환은 바삐 복도를 돌아 계단을 내려갔다.

현호는 그 뒤를 천천히 따라갔다.

"하……."

마영환은 세무서 내 외곽 휴게실에서 담배연기를 뿜고 있었다. 긴장으로 굳은 얼굴과 담배를 쥔 손이 덜덜 떨리는 모습이 현호의 눈에 비쳤다.

또각, 또각.

현호의 구두 굽 소리에 마영환이 고개를 돌렸다. 현호를 본 그는 올 것이 왔다는 표정이었다.

"자네도 알고 있지?"

이미 법인세과 내에서는 마영환과 장선자에 대한 얘기가 심심찮게 돌고 있었다. 그런 상황에 장선자가 특무부의 타깃이 됐으니, 다들 쉬쉬하면서 기다리고 있는 중이었다.

특무부가 곧 강남세무서에 찾아올 것을.

"왜 그러셨어요?"

현호는 그에게 나직이 묻고 바지 주머니에서 꺼낸 담배를 입에 물었다.

라이터를 찾으려는데, 마영환이 자신의 담배를 내밀었다.

현호는 두 손으로 바람을 막고 담배에 담배를 이어 붙여 깊이 한 모금 빨아들였다.

치익.

불꽃이 현호의 담배에 달라붙자 마영환은 다시 자신의 담배를 입에 물고 한숨과 연기를 동시에 뱉어냈다.

쓴맛이 나는 건지, 아니면 지금 상황이 쓴 건지 그의 얼굴이 가득 찌푸려졌다.

"후훗, 자네 말을 너무 귀담아 들었나 봐."

마영환이 힘없이 실소를 흘렸다.

"뭐가요?"

"나보고 챙기라며? 훗……."

"너무 급하셨어요."

마영환이 조금만 천천히 움직였더라면, 굳이 장선자가 아니더라도 챙길 곳은 많았을 것이다.

그 액수도 훨씬 크게, 오래도록 챙길 수 있었을 텐데. 아니면 어차피 걸릴 거라면 크게 한탕 하고 걸리는 게 낫지 않나.

하지만 마영환은 조급했고, 성급했다.

"내가 생전 그런 일을 해봤어야 알지. 송충이는 솔잎만 먹고 살아야 했거늘……. 어설펐어, 후훗."

자책하는 마영환의 모습을 보며 현호는 씁쓸한 미소를 감추지 못했다.

"하……."

마영환은 손가락 사이에서 담배가 바싹 타들어가는 것도 모르고 연거푸 한숨만 내쉬었다. 그제야 현호는 그를 위해 준비한 제안을 꺼냈다.

"제가 도와 드릴까요?"

"도와줘? 어떻게?"

마영환의 눈이 빛났다.

살고 싶다는, 지금 상황에서 벗어나고 싶다는 간절함이 묻어 있었다.

또 그 눈에는 차현호라면 자신을 도와줄 수 있을 거라는 미상의 기대가 서려 있었다.

"먼저 J 프로덕션에 대해 말해볼까요?"

마영환은 자신이 알고 있는 것을 최대한 구체적으로 현호에게 말했다.

그가 J 프로덕션을 맡아서 한 일은 가공매입을 통한 부가세 환급이었다.

딱히 어려운 방법도 아니었다. 바지사장을 두고 유령 업체를 세워 업체 간 서류 조작 및 가공매입을 통해 매출세액과 매입세액에 따른 차액 부가세의 환급을 유도했다.

문제는 현호의 예상과는 달리 마영환이 손을 뻗은 곳이 J 프로덕션 한 곳만이 아니라는 점이었다.

"법인이요?"

"그래, 금진은행에서 법인을 따로 설립해 그곳에 불법 대출을 해주고 운영을 하는 거야. 그걸 나보고 맡으라더군."

"허."

현호는 그 말이 뜻하는 바가 무엇인지 바로 알 수 있었다.

'SPC(Special Purpose Company).'

SPC란 일반적으로 특수한 목적을 위해 일정 기간 동안 설립 및 운영을 하는 회사를 얘기한다. 그런데 금진은행이 SPC의 설립 및 관리 역할을 마영환에게 맡겼다는 것이다.

여기서 문제는 은행이 SPC를 설립해 불법 대출 및 자금 운영을 한 이후에 발생한다.

'폐업.'

은행이 만든 SPC가 폐업을 한다.

이러한 경우, 들어간 돈을 회수할 수가 없게 되는데, 금진은행은 그 같은 과정을 거쳐 은행에 들어온 고객의 돈을 자신들의 지갑에 따로 챙겨 넣었다.

'저축은행 사태는 앞으로 15년은 지나야 벌어지는데, 벌써부터 이런 식으로 돈을 빼돌렸다는 거야? 그럼 대체 얼마나……'

놀라지 않을 수가 없었다. 그들에게 은행의 돈이 고객의 돈

이리는 인식이 있긴 한 걸까.

"어떻게 해야 되지?"

마영환이 초조한 얼굴로 현호에게 답을 물었다. 겨울임에도 그의 이마에는 땀방울이 송골송골 맺혀 있었다.

"곧 특무부에서 계장님을 찾아올 거예요."

"특무부에서?"

현호의 얘기에 마영환의 얼굴이 창백하게 변해갔다. 그도 예상은 했겠지만 직접적으로 들으니 새삼 놀란 듯했다.

"그때 지금 한 얘기 그대로 하세요. 단, 금진은행이 아닌 세무 법인 창에서 법인을 세웠다고 얘기하셔야 돼요."

"…왜?"

현호는 이유를 묻는 마영환의 눈을 마주 보는 대신 담배를 입에 물었다.

'이 세무조사는 곧 멈출 테니까.'

세무 법인 창에 세무조사가 들어간 이유는 오직 하나였다. 장명준 국장의 특무부 입성을 막기 위해서.

보는 관점에 따라서는 기가 막히는 일이다. 단 한 사람의 인사이동을 막기 위해서 특무부가 움직이고 있으니 말이다. 언론은 결코 상상도 못할 일이 지금 벌어지고 있었다.

지금 세무 법인 창은 일종의 문이라고 볼 수 있었다.

문을 열면 그 안에 숨어 있는 금진은행과 박한원 의원, 서울청의 장명준 국장까지 드러난다.

특무부는 그 문을 열기 위해 움직였지만, 특무부를 움직인 이주헌과 현호는 이미 문 안에 뭐가 있는지 훤히 들여다보고 있는 상황이었다.

여기서 안에 든 걸 끄집어내든 다시 문을 닫든 오로지 두 사람의 의지에 달렸다.

현호는 관세청장 이주헌을 만났을 때, 마지막에 그런 제안을 했었다.

"그럼 이렇게 하면 어떨까요?"

"말해봐."

"제가 언론에 제보를 할 겁니다. 그리고 특무부는 언론을 등에 업고 세무 법인 창을 치게 되는 거죠. 어떤 목적을 가진 것도 아니고, 박한원 의원을 타깃으로 삼은 것도 아니라는 겁니다. 하지만 박한원 의원으로서는 금진은행 때문에 결국은 나설 수밖에 없겠죠. 그러니 상황을 봐서 청장님이 중재하시면 됩니다."

"허, 일을 벌이고, 일을 중재한다?"

"예."

그 같은 얘기에 이주헌은 흡족해했고, 현호에게 일을 지시했다.

현호는 그 길로 최복규 기자에게 연락을 했다.

특무부가 움직이기에는 기사 한 줄만으로도 충분했지만 어찌 된 일인지 저녁 뉴스 메인으로까지 올라왔다.

사실 기사가 먼저인지 특무부가 먼저인지는 중요치 않았다.

어찌 됐든 시작이 있으면 될 뿐이었다.

"그럼 나는 어떻게 되는 거야?"

두려움으로 인해 마영환의 목소리가 갈라졌다. 현호는 안타까운 시선을 뒤로하고 미소로 그를 안심시켰다.

"걱정 마세요."

지금 순간 현호가 마영환에게 해줄 수 있는 유일한 위로의 말이었다.

*   *   *

흔히 공직자의 비리는 나무와 같다는 얘기가 있다.

파고들수록 뿌리와 가지가 뻗어 끝도 없이 자라나기 때문이다.

그렇기에 보통은 일정 선에서 조율하고 뿌리와 가지를 끊어버리는 게 공직자 비리 수사였다.

"지금 뭐라고 하셨습니까? 강남세무서 차현호요?"

윤선기 서울중앙지검 2차장.

그는 지금 난처한 상황이었다. 지금 들은 얘기를 이해할 수가 없어 지검장의 입술만 바라봤다.

"차현호가 대체 누구야?"

서리가 내린 눈썹을 들썩이며 지검장이 그에게 다시 물었다.

"얼마 전 있었던 월연 건의 제보자입니다."

"뭐 하는 놈인데?"

지검장이 자리에서 일어나 창문의 대나무 발을 걷으며 물었다. 그 널찍한 등을 좀 더 자세히 보려는 듯 윤선기가 눈을 기울이고 입을 열었다.

"강남세무서 8급 공무원입니다."

"8급?"

"예."

"나이는?"

"올해 스물입니다."

"뭐?"

윤선기의 대답에 뒤돌아선 지검장이 황당해했다. 그 말을 믿을 수가 없는지 재차 물었다.

"그게 말이 돼?"

"고등학교 진학 대신에 검정고시를 패스하고, 그 해에 바로 학력고사를 봤답니다."

"아……."

그제야 지검장이 고개를 끄덕였다. 기억이 떠오른 듯했다. 하긴, 그 당시에 TV를 틀 때마다 대한민국에서 천재가 나왔다고 떠들어 댔으니 뇌리에 남는 게 당연할 것이다.

"근데 그 친구는 왜 물으십니까?"

"흠… 요즘 여기저기서 자주 언급되는 이름이야. 박한원 의원도 그렇고, 관세청장까지. 신경 쓰이는군그래."

"예?"

"아니야, 됐어. 그보다 특무부는?"

"이따가 사건 인계하러 갈 겁니다."

"장선자라고 했지? 그거 너무 깊게 파지마."

"그게 무슨……."

윤선기 검사가 이마를 찌푸렸다. 창을 넘어온 겨울철 햇살 때문에 한층 더 찌푸려져 보였다.

"그거 금방 끝날 거야. 그러니까 밖으로 말 새 나가지 않게 끔 신경 쓰고."

"알겠습니다."

뭐가 뭔지는 모르겠지만 윤선기 검사는 일단 지검장실을 빠져나왔다.

'이걸 어떻게 받아들여야 할지.'

윤선기는 그동안 차현호라는 존재를 지켜봐 왔다.

정확히는 아들 윤태영이 차현호와 어울리기 시작한 이후부터였다.

솔직히 말해 윤선기에게 아들 윤태영은 어디 내놓기 부끄러운 자식이었다.

윤태영이 고련대에 들어간 것도, 윤승태 현 대법원장이라는 집안의 명예와 힘, 그리고 돈이 만들어낸 결과일 뿐이었다.

그런데 그 부끄러운 아들놈이 달라졌다.

오히려 이제는 어디 가서 자랑을 해도 부족하지 않은 성품과 현명함을 지니게 됐다. 그 같은 아들의 믿기 힘든 변화를 가져온 이가 바로 차현호다.

'찬대미.'

처음에는 애들 장난인줄 알았는데, 그 안에 소속된 회원들, 그들 사이의 거미줄처럼 뻗친 촘촘한 인맥을 보는 순간 놀라지 않을 수가 없었다.

10년이다.

분명 10년 안에 대한민국은 찬대미의 손에 좌지우지될 것이다.

물론 찬대미가 10년 동안 살아남았을 경우에 말이다.

'흠… 특무부 세무조사가 금방 끝날 거라고?'

윤선기 검사는 자신의 사무실로 내려가는 대신에 햇볕이 잘 들어오는 복도 창가에서 걸음을 멈췄다.

다시 지검장이 한 얘기를 곱씹으면서 생각을 정리했다.

'…강남의 세무 법인 창. 설마 이번에도 차현호하고 연관이 있는 건가?'

그래서 지검장이 차현호를 언급했던 것일까.

'궁금하군.'

가려움증처럼 피어오른 궁금증이 윤선기 검사의 온몸으로

퍼져 나가고 있었다.

*   *   *

벌써 30분째 강태강은 생각의 늪에서 허우적대고 있었다.

바람의 방향이 바뀌었다. 어디서부터 잘못된 걸까.

장선자가 특무부의 타깃이 됐으니 금진은행이 드러나는 것은 시간문제일터.

'그놈을 만나러 갔던 게 실수였나? 흠……'

그날 봤던 어린놈의 눈빛이 잊히지가 않았다.

눈을 감으면 더욱더 또렷해졌다.

강태강은 괜스레 주먹을 쥐었다 펴기를 반복하며 생각을 물리려고 고개를 휘저었다. 그러자 머릿속이 다른 생각으로 채워졌다.

'관세청장 이주헌……'

이주헌이 특무부에 독자 라인을 가지고 있다는 사실은 강태강도 이미 아는 사실이었다.

물론, 박한수에게는 그 사실을 보고하지 않았지만.

어찌 됐든 지금 상황에서 특무부가 나섰다는 건, 분명 이주헌이 움직였다는 얘기다.

'함부로 도발할 위인이 아닌데.'

이주헌에게 대체 무슨 심경의 변화가 있었던 걸까.

지난번 식당에서의 일 때문일까.

하지만 박한원과 이주헌이 나눈 대화에 서로의 역린을 건들 만한 것은 없었다. 그러지 않고서는 이주헌이 미쳤다고 박한원을 건들 이유가 뭔가.

'이렇게 되면 장명준의 특무부 입성은 물 건너간 건가?'

장명준을 특무부에 넣겠다는 아이디어는 장선자의 머리에서 나온 것이다.

이는 금진은행 박한수 이사도 동의했다. 그편이 앞으로 일 처리하는 데 수월할 것이란 판단이었다.

아니, 지금 그게 문제가 아니다.

문제는 세무 법인 창의 뒤에 금진은행이 있음을 이주헌도 모르지 않을 터인데, 특무부를 일으켜 '세무 법인 창'을 건드렸다는 점이다.

'그렇다면 놓을 수가 생겼다?'

박한원 의원을 거스르면서까지 놓을 만한 수가 뭐가 있을까.

답이 없다, 답이.

"후……."

한숨을 내쉬며 강태강이 고개를 들었다. 그러자 지난번 식당에서 몰래 사진을 찍다가 그에게 걸린 여기자가 그의 눈동자에 비쳤다.

여기자의 입에는 재갈이, 몸에는 밧줄이 묶인 채로 앉아 있었다.

"어이, 넌 알아?"

"<u>으.으.으!</u>"

여기자는 입에 재갈이 묶여 있으니 대답을 할 수가 없었다. 그저 눈을 부릅뜨고 발버둥을 칠 뿐이었다.

"크크."

혼자 보기 아쉬운 광경에 강태강이 어깨를 흔들며 웃음을 터뜨렸다. 그 탓에 철제 의자가 소리를 냈다.

삐걱, 삐걱.

"그러게 말했잖아. 또 보게 되면 이 손 치료비 청구할 거라고."

삐걱, 삐걱.

강태강은 의자를 돌려 이번에는 다른 쪽으로 시선을 돌렸다. 그곳에도 또 다른 여자가 여기자와 같은 형태로 앉아 있었다. 하지만 입에 재갈은 물려 있지 않았다.

"넌 알아?"

그 답을.

"하… 하……."

여자는 떨고 있었다. 검은 눈동자가, 하얀 얼굴이 덜덜 떨며 새하얀 입김을 내쉬고 있었다.

"걱정하지 마. 그 녀석만 오면 넌 풀어줄 거니까. 그날 못한 얘기가 있거든."

"현호는 오지 않을 거예요."

"올걸? 네 이름 얘기하니까 수화기 너머에서 냉기가 넘어오더라."

"아저씨는 누군데… 왜 저한테… 왜 현호한테……."

"그건 알고 없고… 쉬고 있어라, 진숙아."

*　　　　*　　　　*

탁.

차 문이 닫혔다.

관세청장 이주헌이 올라타자 묵직한 체중에 눌린 차가 한쪽으로 기울었다.

30분 가까이를 조수석에 앉아 그가 식당에서 나오기를 기다렸던 최 조사관은 일이 잘됐는지를 그에게 묻고 싶어 입술을 들썩였다.

하지만 그의 얼굴이 너무 무거워서, 정확히는 한숨을 내쉬고 있어서 잠시 뜸을 들였다.

"쯧쯧, 키우던 개한테 물렸어."

"예?"

이주헌이 혀를 차며 뱉은 소리에 최 조사관이 고개를 돌려 뒤를 바라봤다. 이주헌의 얼굴이 잔뜩 찌푸려져 있었다.

"얘기는 잘되신 겁니까?"

"후… 뭐, 잘되긴 했는데."

이주헌이 고개를 끄덕였다. 그 모습을 보니 식당에서 박한원 의원 쪽과의 얘기는 잘 마무리가 된 듯했다.

한데 뭐가 불만스럽기에 혀를 차고 얼굴을 구기는 걸까.

"무슨 일이 있으셨습니까?"

"말했잖아, 키우던 개한테 물렸다고."

"청장님이요?"

최 조사관이 영문을 몰라 묻자 이주헌이 잠시 그를 빤히 바라보다가 피식 웃었다.

"나 말고, 박한수 말이야."

"금진은행 이사 말씀입니까?"

"그만 출발하지."

이주헌의 비서가 바로 시동을 걸었다.

차는 주차장의 자갈밭을 지나 식당을 빠져나갔다. 도로에 진입하자, 잠시 뒤 이주헌이 다시 입을 열었다.

"장선자, 아주 탈탈 털어."

"예? 얘기 잘 끝나셨다면서요? 그럼 여기서 그만둬야 하는 거 아닙니까?"

애초 계획을 그렇게 잡았다.

장선자를 치고, 박한원 의원과 거래한다.

박 의원이 거래를 제안해 오면 장선자의 뒤에 있는 금진은행까지는 가지 않는다.

하지만 거래를 제안해 오지 않거나 불발되면 금진은행까지 턴다.

전자든 후자든 목적은 하나지만 그 여파는 기하급수적으로 커질 것이다.

그러니 웬만한 배포가 아닌 이상, 아니, 박한원 의원이 거래를 제안해 올 거라는 확신이 없는 이상은 할 수가 없는 도박이었다.

'청장님은 대체 차현호한테 뭘 본 거지?'

더 이상 입을 열지 않는 이주헌을 뒤로하고, 최 조사관은 다시 차현호에 대한 생각을 이어가며 차창으로 시선을 돌렸다. 그러다 문득, 유리에 비친 자신의 모습이 어딘지 모르게 많이 불편해 보인다는 생각이 스쳤다.

"차현호 어디 있지?"

이주헌의 목소리가 다시 들리자 최 조사관은 서둘러 돌아보고 대답했다.

"바로 알아보겠습니다."

*   *   *

장충도는 조사실을 나오며 지친 숨을 토하고 얼굴을 쓸어내렸다.

'뭐야, 이거?'

장선자가 태도를 바꿔 모든 사실을 토해냈다. 그런데 그 내용이 장난이 아니다.

'금진은행은 또 뭐야?'

무슨 놈의 은행이 법인을 만들고, 가짜 대출을 해주고, 고객의 돈을 빼돌리고…….

장선자의 입에서 도통 알 수 없는 소리들이 튀어나오고 있었다. 그녀는 금진은행의 이사 박한수라는 남자가 박한원 의원의 동생이라고도 했다.

장충도는 박한원 의원에 대해서 큰아버지 장명준에게서 몇 번 들은 적이 있었다. 정치에는 별로 관심이 없는 장충도지만, 그 덕에 박한원이라는 사람이 한누리당 의원이라는 사실 정도는 알고 있었다.

현호가 세무 법인 창을 치자고 했을 때는, 그저 그곳이 큰아버지 장명준과 연관이 돼 있으며 큰아버지가 조금 곤란해질 거라는 것만 생각했었다.

그 안에서 박한원 의원이라는 거물이 나올 줄은 상상도 하지 못했다. 그리고 금진은행까지.

'뭐가 어떻게 돌아가는 거야? 선배하고 의논해 봐야 하나?'

장충도가 최 조사관의 제안으로 관세청장 라인에 들어간 지는 얼마 되지 않았다. 그뿐 아니라 최 조사관은 성시원 조사관에게도 관세청장 라인에 합류할 것을 제안했다.

그 목적은 특무부를 보다 확고한 위치로 끌어올리기 위해서였다.

고민 끝에 장충도는 최 조사관의 제안을 받아들였다. 그래서 큰아버지의 뜻을 거스르고 현호를 특무부에 스카우트하기로 결심했던 것이다.

현호에게는 특무부를 제안하고, 최 조사관에게는 좋은 놈이 있다고 소개했다. 그렇게 해서 상황이 여기까지 왔다.

하지만 지금 장충도는 길을 잃은 기분이었다.

세무 법인 창을 건들면, 큰아버지가 특무부에서 멀어질 거라고만 생각했는데…….

'그런데 금진은행이라니? 허위 대출 사기라니? 한성준 의원 건은 또 뭐야?'

머리가 터져 나갈 것 같았다.

장충도는 도저히 자신의 머리로는 이 상황을 이해할 수가 없었다.

지금 상황이 묘하게 돌아가고 있었다.

장선자가 얘기한 게 모두 맞는다면, 큰아버지는 결코 좋게 못 넘어간다.

비단 큰아버지뿐인가. 박한원 의원까지 걸고 문제가 생길 테고, 금진은행 건이 언론에 노출되면.

'이건 나라가 들썩일 거야.'

스윽.

장충도는 온몸의 털이 올올이 치솟는 느낌을 받았다. 그저 상상만 했을 뿐인데도 한기가 몰려왔다.

'현호야……'

현호는 모든 사실을 알고 있는 걸까?

그래서 세무 법인 창을 털자고 제안한 걸까?

대체 어떻게 그럴 수가 있지?

장충도는 어떻게든 답을 찾기 위해 계속해서 스스로에게 질문을 했다.

조사실을 벗어나 복도를 따라 걷는 그를 누군가 몇 번이고 불렀지만 그는 귀를 꽉 막아버린 것처럼 듣지 못하고 계단을 내려갔다.

그런 그가 걸음을 멈춘 것은 특무부 청사에 들어오고 있는 최 조사관을 로비에서 마주치고서였다.

"충도야!"

최 조사관이 그를 발견하고 먼저 손을 흔들며 뛰어왔다.

"선배? 지금 장선자가……"

"알았어. 이제부터 내가 맡을게."

최 조사관은 다짜고짜 장충도의 얘기를 잘라 버리고 말했다.

"그게 아니고요, 선배. 장선자가 금진은행인가, 거기를……"

애써 생각을 짜내 얘기를 꺼내던 장충도가 눈을 찌푸렸다.

최 조사관은 그가 무슨 얘기를 할지 알고 있다는 표정이었다.

"선배는 알고 있었어요?"

"어느 정도는……. 걱정하지 마, 장명준 국장은 아무 탈 없을 거야."

최 조사관은 장충도가 원하는 대답을 먼저 해주고 빠르게 계단을 올라갔다. 장충도는 그 뒷모습을 잠시 바라본 뒤에야 자신이 가야 할 곳을 깨달았다.

'현호… 현호를 만나야겠어.'

*   *   *

J 프로덕션에도 특무부 조사관들이 들이닥쳤다.

그들은 사무실의 종이란 종이는 닥치는 대로 챙겨갔다.

한 몸집 하는 매니저들이 막아서려고 했지만 역부족이었다.

특무부가 대동해 온 경찰들은 특무부 조사관을 손끝이라도 건들면 바로 연행하겠다는 듯 사무실 곳곳에 배치돼 자리를 지켰다. 그사이 특무부는 신속하고 빠르게 서류를 챙겨나갔다.

이어 J 프로덕션 김재중 사장과 실장, 그리고 매니저들이 참고인 조사차 특무부 청사에 불려갔다.

말이 참고인 조사지, 협조하지 않으면 바로 검찰로 불려간다고 하니 울며 겨자 먹기로 제 발로 걸어간 것이다.

그래서 사무실에 남은 이들은 그나마 들어온 지 얼마 안
된 직원들뿐이었다.

뒤늦게 시트콤 촬영이 끝나고 사무실에 돌아온 송승국은
난장판이 된 사무실을 보자 눈앞이 아찔했다.

"어떻게 된 거예요?"

그는 사무실을 추스르는 직원의 곁에 다가가 물었다.

"뉴스 못 봤어요? 세무 법인 창, 거기하고 연관된 곳은 다
건드리나 봐요. 우리 거래처잖아요."

"우리가 뭐 잘못한 게 있어요?"

"모르죠, 저야. 들어온 지 얼마 안 됐는데. 아, 근데 혹시 승
국 씨도 인감도장 빌려줬어요?"

"어? 왜요?"

"아까 특무부 조사관이 하는 얘기를 들었는데, 무슨 금진은
행에서 우리 소속사 연예인들에게 대출을 해줬다네요? 승국
씨도 뭐 대출받은 거 있어요?"

"그게 무슨……."

고개를 갸우뚱하던 송승국은 순간 마른침을 꿀꺽 삼키고
뒤돌았다.

'아차.'

그는 곧바로 사장실로 달려갔다. 책상을 정신없이 뒤적였지
만 그걸 찾을 수가 없었다.

"도장, 내 도장."

얼마 전 사장이 CF 계약서에 도장을 찍어야 한다며 그에게
인감도장을 가져오라고 했었다.

"하⋯⋯."

도장은 보이지 않았다. 송승국은 지쳐서 사장의 의자에 주
저앉았다.

당장 문제가 발생한 것은 아니었지만 불길한 무언가가 온몸
으로 퍼져 나갔다.

'대출을 받았다고?'

설마. 설마 아닐 것이다.

하지만 언제 불길한 예감이 그냥 빗겨간 적이 있던가.

불안 속에서 송승국은 한 사람을 떠올렸다.

지금 순간, 그가 의지할 수 있는 유일한 사람이었다.

'현호야.'

＊　　　＊　　　＊

"너도 참 대단하다."

강태강은 허리를 숙여 여기자의 입에 물린 재갈을 풀었다.

"하⋯ 하⋯⋯."

일그러진 얼굴로 숨을 들썩이는 여기자의 모습을 보고 의
자를 끌고 와 그 앞에 앉았다.

"윤아리? 이름 예쁘네."

기자 수첩 속의 여기자는 앳된 얼굴이었다. 하긴, 지금도 꽤 반반한 얼굴이다.

"너 기자 생활 몇 년 했어? 아직 이런 거 파고들 짬밥 아니잖아?"

강태강은 으르렁거리는 윤아리를 향해 픽 웃으며 물었다.

"처먹을 만큼 먹었거든?"

"…푸하하하!"

강태강은 어깨를 들썩였다. 찰진 욕이 귀에 착 감기는 게 나쁘지 않았다.

"너 뭐 믿고 그러냐? 너도 쟤처럼 뒷배 좀 있어?"

강태강이 엄지를 까딱여 두려움에 떨고 있는 여자애를 가리켰다. 고개를 슥 돌린 그는 여자애를 눈에 담은 뒤에 다시 윤아리를 마주 봤다.

"너 mbs 국장 딸이라며? 겨우 그거 믿고 이러는 거야?"

"그거 어떻게 알았어?"

윤아리는 잡혀 있는데도 눈빛이 살아 있었다.

지금도 무서워 떨기는커녕 바로 되묻는 모습이 보통 강단 있는 여자가 아니었다.

하지만 그 때문에 강태강의 입꼬리가 한층 더 올라갔다.

"내가 모르는 게 어디 있어? 이 바닥이 하루 이틀인가."

"'모르는 게 어디 있냐고'. 훗, 그런 사람치고는 지금 꼴이 말이 아닌 것 같은데?"

"내 꼴이 어떤데?"

"특무부가 금진은행 터는 거 일도 아니야. 결국 당신도 꼬리 잡힐 테고."

"그래서 지금 여기 있는 거 아니야, 나도 좀 살려고. 어휴, 장선자 때문에 일이 좆나 복잡해졌어……. 너, 나 말고 차라리 처음부터 장선자를 쫓지 그랬냐? 걔가 박한수 따까리 짓한 게 몇 년인데. 강남에서 빌빌대는 거 하나 주워서 키운다고 데려온 게 몇 년인지 알아?"

"내 눈에는 너나 장선자나 똑같은 박한수 따까리로 보이는데?"

윤아리가 눈을 부릅뜨고 비아냥거렸다.

하얀 입김이 뱉어낸 기분 나쁜 단어에 강태강의 눈이 찌푸려졌다.

"따까리?"

그는 곧장 윤아리의 머리채를 붙잡았다.

"꺄!"

아스러진 단말마 비명에도 아랑곳 않고 강태강이 찌푸린 눈에 그녀를 담으며 말했다.

"잘 들어. 따까리도 급이 있어. 나는 최소한 장선자처럼 주인은 물지 않아. 버리면 또 몰라도, 후훗."

비린내 물씬 풍기는 웃음 뒤에 강태강은 윤아리의 머리채를 놓았다. 그는 의자에 앉은 채로 기지개를 쭉 펴더니 제 어깨를 툭툭 두드렸다.

'보통 놈이 아니었는데.'

이 바닥에서 너무 오래 굴렀더니 특이한 안목이 생겼다.

상대를 보면 이놈이 주먹 좀 쓰겠구나, 하는 게 눈에 보였다.

강태강이 지난 밤 마주했던 차현호는 제법 재밌는 놈이었다.

"훗."

짧은 웃음을 지은 강태강은 다시 윤아리를 바라봤다.

"지금부터 내가 하는 얘기 잘 들어."

그 눈빛에 그녀가 지금까지와는 달리 입술을 떨었다. 강태강은 손을 뻗어 그녀의 하얀 얼굴에 손을 가져갔다.

"머리채 좀 잡았다고… 왜? 너 죽일까봐? 니들 해칠 생각이었으면, 내가 뭐 하러 저 짓 했겠냐?"

이번에도 강태강은 손을 까딱였다. 그 손가락이 가리킨 곳에는 선혈이 낭자했다. 강태강이 수 명의 남자를 박살낸 흔적이었다.

"장선자, 금진은행 박한수, 한성준 의원, 장명준 서울청 조사4국장, 그리고 박한원 의원까지."

잠시 숨을 고르기 위해 얘기를 멈춘 강태강의 얼굴이 점점 굳어갔다.

"나 지금 특종 주는 거야. 근데 보도하지는 마, 어차피 막힐

거니까. 그러니 알고만 있어."

"보도하지 말라고? 그럼 왜… 왜 나한테 알려주려는 건데?"

윤아리는 질문 뒤에 마른침을 꿀꺽 삼켰다.

눈썹이 두껍고 짙은 남자는 마주 보면 등골을 오싹하게 만드는 시선을 지니고 있었다.

"더 큰 그림을 찾으라고."

"그게 무슨……."

윤아리는 허공에서 입술만 벙긋거렸다. 해야 할 말이 떠오르지가 않았다. 그 사이 강태강은 얘기를 시작했다.

자신이 알고 있고, 지금까지 해왔던 일들을 빠짐없이 그녀에게 얘기를 해주고 있었다.

그가 왜 자신에게 이런 얘기를 해주는지, 그녀는 알 수 없었다.

그저 벌린 입술을 다물지 못하고, 이야기에 담긴 무게로 인해 숨 쉬기가 버거워 헉헉댈 뿐이었다.

모든 얘기를 끝낸 강태강이 자리에서 일어났다.

그는 구겨진 옷깃을 털어내고 윤아리를 향해 미소를 보였다. 그런 뒤, 등을 돌려 박진숙에게 다가갔다.

"너도 다 들었겠네? 네 할아버지가 해왔던 일들."

"그거… 거짓말이죠?"

박진숙은 고개를 흔들었다. 도저히 믿을 수가 없었다.

그토록 인자한 미소를 지닌 할아버지가, 그녀를 세상에서 누구보다 사랑해 주었던 할아버지가, 사람들을 속이고, 세상을 속였다는 얘기를 절대 믿을 수가 없었다.

뚝뚝.

박진숙의 커다란 눈동자에서 눈물이 떨어지자 강태강이 이마를 찌푸리고 무릎을 숙였다.

"에이, 나 이런 거 싫은데. 차라리 쟤처럼 악을 지르던가."

잠시 박진숙을 보던 강태강이 한숨과 함께 그녀를 묶고 있는 밧줄을 풀기 시작했다. 흠칫 놀라는 그녀의 모습에 잠시 주춤했지만 그의 손은 계속 움직였다.

"오늘 일, 꿈이었다고 생각해라. 장선자가 너를 어떻게 알았는지 모르겠지만… 원래 쥐새끼도 궁지에 몰리면 고양이를 무는 거야. 어쩌겠냐? 사실 그 여자도 대타로 들어온 거거든. 원래 있던 놈이 당하는 꼴을 봤는데, 가만히 있으면 병신이지."

밧줄을 모두 풀었음에도 박진숙은 일어나지 않았다.

강태강은 한숨과 함께 자리에서 일어나 그녀를 내려다봤다.

'참 내, 인연도 팔자구만. 되는 것들은 알아서 인연도 생기고……'

사실 박진숙이 차현호를 안다는 사실에 조금 당황했던 강태강이었다. 뭐, 덕분에 차현호를 불러들이긴 했지만.

"차현호, 이 자식 금방 올 것처럼 악을 지르더니, 오지를 않네."

"올 거예요."

여전히 눈물을 뚝뚝 흘리며 박진숙이 말했다.

"왜? 아까는 오지 않을 거라며? 훗."

"올 거예요. 그런 애예요."

"쩝."

강태강은 입맛을 다셨다. 내키지 않은 신파극을 보는 기분
이었다.

"그래, 왔으면 좋겠다."

"올 거예요. 현호는, 꼭 올 거예요."

동그스름하고 하얀 얼굴이 눈물을 흘리며 말하는 모습에,
강태강은 잠시 아무 말도 할 수가 없었다.

그때였다.

나직하고 아주 차가운 목소리가 그림자처럼 다가왔다.

"미안해. 너무 오래 기다리게 했어."

"어?"

반가운 목소리에 강태강이 고개를 들었다.

그제야 창고 입구에 서 있는 익숙한 얼굴을 볼 수 있었다.

"이게 누구야? 차현호 아냐."

지난번 공원에서 봤을 때보다 훨씬 그럴 듯하게 일그러진
얼굴이었다. 마치 사천왕상의 섬뜩한 얼굴을 마주한 기분이었
다.

"이제 왔어? 오래 기다렸잖아."

강태강이 손을 들어 가볍게 흔들었다. 미소 띤 그의 얼굴과는 달리 현호의 얼굴은 한없이 차가워지고 있었다.

"뭐야, 바로 뜨자는 거야? 대화도 없이?"

"진숙아, 괜찮아?"

차현호의 목소리가 창고에 울려 퍼졌다. 박진숙의 눈물범벅인 얼굴엔 그제야 미소가 새겨졌다.

"괜찮아!"

"야, 니들 나 너무 개 무시한다."

"너… 오늘 지옥을 보게 될 거다."

부릅뜬 눈, 일그러진 턱, 온몸에서 풍기는 분노.

그런 차현호의 모습에 강태강은 미소를 끌어 올리고 읊조렸다.

"너, 그 눈 참 마음에 든다."

＊　　　＊　　　＊

이곳까지 오는 내내 머릿속에 든 생각은 오직 하나였다.

'왜 진숙이에게 손을 댔을까.'

현호는 지금 눈앞에 강태강을 마주하고 있었다.

박진숙과 함께 있으니 당장 오라는 얘기에 숨 한번 들이쉬고 여기까지 달려왔다.

"숨 좀 돌리고 하자. 너 여기 오느라 힘들……."

강태강의 입이 다물어지기도 전에 현호의 주먹이 뻗어나갔다. 오른팔이 그린 포물선은 그대로 강태강의 좌측 안면을 노렸다.

하지만 현호의 주먹은 강태강이 치켜든 팔뚝에 가로막혔다.

"후… 진짜 빠르네?"

치켜든 팔뚝 사이로 강태강은 이마를 찌푸린 채 현호를 바라봤다.

순식간에 치고 들어온 녀석의 주먹은 마치 번개 같았다. 좀 전에도 간신히 타이밍을 맞춰 막을 수 있었다.

"더 정신없게 해줄까?"

주먹이 다시 들어온다. 차현호는 숨도 안 쉬는 것 같았다.

"크윽!"

녀석이 뻗은 왼손 주먹이 내지른 스트레이트와 오른손 주먹의 잽이 연거푸 강태강에게 향했다.

두 팔을 들어 겨우 머리를 싸맨 채로 강태강이 뒤로 물러났다.

스슥, 스슥.

강태강의 뒷걸음질에 먼지가 흩날렸다.

불과 몇 시간 전, 수 명의 사내를 단숨에 쓰러뜨린 강태강이 겨우 이런 어린놈에게 몰리고 있었다.

픽, 픽!

현호의 주먹이 도통 숨 쉴 틈을 주지 않는다.

"이거, 너무 화려하잖아!"

급기야 강태강이 얼굴을 방어하고 있던 두 팔을 치웠다.

현호의 주먹이 팔에 맞고 튕겨나간 그 순간, 강태강이 허리를 틀었다. 바로 이어진 오른발 돌려차기가 현호의 목을 정확히 내려찍었다.

"윽!"

십수 년을 밑바닥에서 굴러온 건장한 성인의 체중이 실린 공격이다. 그 날카로움과 무게감에 현호의 몸이 날아갔다.

창고에 아무렇게나 놓여 있는 드럼통에 부딪친 그에게 강태강이 달려들었다.

오른발을 치켜들어 다시 내려찍으려는 찰나, 현호가 자리를 박차고 일어서 강태강의 다리를 붙잡고 바닥에 엎어졌다.

녀석에게 밀려 등이 땅에 닿는 순간, 바닥에 머리를 찍은 강태강은 뒤통수에 충격을 느낀 것과 동시에 오른발을 내밀어 현호의 복부를 잽싸게 밀어냈다. 간발의 차였다.

"하……."

뒤로 한발 물러난 현호는 바로 공격에 들어가지 않았다. 가볍게 호흡을 가다듬으며 강태강에게서 시선을 떼지 않았다.

강태강이 천천히 자리에서 일어났다. 마른침을 삼키고 숨을 크게 내쉬었다.

"아후… 제법인데?"

강태강은 옷에 묻은 흙먼지를 툭툭 털어내고 크게 숨을 들이쉬었다. 뜨끈한 것이 느껴져 뒤통수를 만지니 피가 묻어났다.

'젠장.'

싸움은 호각이었다.

누구 하나 쉽게 밀리지 않았다.

물론 누구 하나 두려워하지도 않고 있었다.

오히려 강태강은 기뻐하고 있었다. 오랜만에 제대로 붙는 싸움이었다. 더구나 상대는 겨우 스무 살.

숱하게 주먹을 내지른 경험과 체격으로 따져도 강태강이 밀릴 이유가, 그럴 가능성이 전혀 없어야 되는 게임이었다.

한데 상황은 또 그렇지가 않았다.

"이렇게 붙어본 게 얼마만이야. 너 제법이다?"

실성한 사람처럼 웃어넘기는 강태강의 모습을 보며 현호역시 은근히 미소를 감추지 않았다.

눈앞의 상대는 현호가 여태 상대했던 이들과는 확연한 차이가 있었다.

시선을 마주하고 있을 뿐인데도, 그 사이의 공기가 차갑게 가라앉고 있었다. 온몸의 감각이 치솟는 느낌이 들었다.

상대는 주먹으로 살아온 놈이다. 분명히 알 수 있었다.

현호가 꾸준히 훈련했고, 복싱 도장을 제 집처럼 들락거렸어도 매일을 주먹으로 사는 건달과 겨루는 것은 쉬운 일이 아니다.

하지만 현호의 심장은 조용히, 그러나 확실하게 두근거리고 있었다. 두려움이 아닌 흥분 때문이었다.

이 싸움, 현호가 절대적으로 유리했다.

'주먹이 보여.'

현호는 지금 자신의 특별한 기억력을 2단계로 유지하고 있었다.

습관처럼 두통이 밀려왔지만 이제는 어느 정도 컨트롤이 가능했다.

눈에 보이는 모든 것이 시야에 밀려들어 오고 있었다.

강태강의 몸짓, 행동, 숨소리마저도 현호에게 잡히고 있었다.

"어서 와."

현호가 손을 까딱였다. 그 모습에 강태강이 어이없어 헛웃음을 지었다.

"너 지금 나랑 장난하냐?"

강태강이 성난 송곳니를 드러냈다. 엄지로 찢어진 입술을 슥 훔치더니, 자세를 다시 잡고 현호에게 빠르게 다가왔다.

순간 강태강의 오른손이 뻗어 나왔다. 현호는 얼굴을 틀어 날아온 주먹을 흘렸다.

강태강의 왼손이, 오른발이 연속해 들어왔다.

상황이 다시 뒤바뀌는 것 같았다.

강태강의 공격은 멈추지 않았고, 뿐만 아니라 공격의 형식이 지금까지와는 확연히 달랐다. 그 어떤 형식도 없었던 강태강의 공격에 틀이 잡히기 시작했다. 빠르기도 한층 빨라졌다.

그런데 점점 더 세찬 공격을 받고 있었지만 현호의 움직임은 오히려 단조롭게 흘러갔다.

분명한 것은, 강태강의 그 어떤 공격도 막아내고 있다는 사실이었다.

"어떻게……."

강태강이 뒤로 물러났다. 사람이라는 게 결국에 지치게 마련이다.

계속해서 공격이 들어가면 어떻게든 틈을 보이는 게 사람이다.

그런데 차현호에게선 지친 모습이 보이지 않았다.

오히려 공격하는 사람이 위기를 느끼고 물러서야 할 정도였다.

"다시."

현호가 또 손을 까딱였다. 그의 투명한 눈빛이 강태강을 하찮은 것처럼 느껴지게 만들고 있었다. 그 눈빛에 강태강의 얼굴이 일그러졌다.

"으아!"

한달음에 도약한 강태강의 발끝이 현호의 명치를 향해 달려갔다.

하지만 현호는 슬쩍 피해 강태강이 뻗은 다리를 내려쳤다.

이어 현호의 주먹이 강태강의 목과 턱에 꽂혔다.

퍽, 퍽!

"커헉!"

짧고 빠른 공격에 정신이 나간 강태강이 엉거주춤한 자세로 뒤로 물러났다.

"다시."

"하… 하… 하……."

현호가 재차 손을 까딱였지만 이번에는 강태강도 쉽게 다가갈 수 없었다.

일반적으로 싸움이라는 것은 길게 갈 수가 없는 법이다.

주먹을 한 번 내지르는 것만으로도 체력은 소진된다.

그러니 강태강은 지쳐 있었다.

어떻게든 주먹을 뻗어볼 수는 있겠지만 지금까지의 공격이 다 막혔으니 달라질 게 없어 보였다. 아니, 차현호가 지치기라도 하면 해볼 만하겠는데.

"하… 하… 너 뭐냐?"

"말했잖아. 너 오늘 지옥을 보게 될 거라고."

이제 현호가 다가갈 차례였다.

주춤.

강태강은 뒤로 물러났다가 순간 아차, 싶었다.

'내가 쫀 거야?'

엿 같은 상황이다.

휘익.

바람이 휘몰아쳤다고 느껴진 순간.

강태강의 얼굴에 현호의 주먹이 제대로 꽂혔다. 코가 아스러지는 느낌이 들었다.

현호는 뒤로 발랑 자빠진 그에게 달려가는 대신에 주위를 살폈다. 그러고는 바닥에 널브러져 있는 각목을 집었다.

한편 두 사람의 싸움을 지켜보고 있던 박진숙과 윤아리는 현호의 섬뜩한 얼굴과 강태강의 밀리는 모습에 전율과 두려움을 동시에 느끼고 있었다.

"감히… 내 사람을 건드려?"

각목을 꽉 쥐고 고개를 쳐든 현호의 얼굴에 분노가 고여 들었다.

현호는 강태강에게 다가갔다. 죽일 생각인 듯 보였다.

각목을 높이 치켜든 순간.

"현호야!"

박진숙이었다. 현호가 그녀를 돌아봤다.

하지만 잠시 주춤했던 그가 각목을 다시 휘둘렀다.

"그 사람이 우리 이렇게 한 거 아니야!"

현호의 손에 든 각목이 다시 멈췄다. 공중에서 비스듬하게, 조금만 더 내려왔으면 강태강의 머리를 날려 버렸을 것이다.

그 상태에서 짙은 숨이 현호의 입에서 흘러나왔고, 두 눈을 부릅 뜬 강태강이 가는 숨을 내쉬었다.

"저게 무슨 소리야?"

현호는 강태강의 눈을 보고 물었다.

"뭐긴, 그만하라는 소리지."

*　　　　*　　　　*

창고 밖으로 나온 강태강이 담배 한 대를 입에 물었다. 밖에 있는 이들을 본 강태강의 얼굴은 잔뜩 일그러졌다.

"이거, 이거, 백만 군대를 끌고 왔네. 이겼어도 좆될 뻔했네."

창고 앞에는 수십 명이 대기하고 있었다. 현호를 위해 달려온 창석이와 그 친구들이었다.

치익.

현호 역시도 담배 한 대를 입에 물었다. 흩어진 연기 사이로 강태강이 얘기를 시작했다.

장선자가 박진숙을 납치했다.

강태강은 장선자가 전부터 박진숙을 지켜보고 있었다고 했다.

비단 이번 특무부 조사뿐 아니라, 장선자는 오래전부터 금진은행 이사 박한수에게 불만이 쌓여 있었던 듯싶다.

장선자는 사실상 허위 대출 대상을 물색해 오는 브로커였는데, 박한수는 그녀를 제대로 대우해 주지 않았다.

그래서 언제든 버려질 때를 대비해 그녀 나름의 노림수가 필요했다.

하지만 쥐가 고양이에게 방울을 달 수는 없는 법.

납치라는 무리수는 그녀에게 단 하나의 협상 카드였을 것이다. 쥐가 할 수 있는 것은 겨우 앞니 한번 벌렸다 닫는 게 전부일 테니까.

"진숙이가… 박한수 이사… 아니, 박한원 의원 손녀라고?"

현호는 당황했다. 전혀 예상하지 못했던 일이 벌어졌다.

그러다 문득, 기억 하나가 떠올랐다.

회귀 후 처음 아버지의 부가가치세 건을 해결하기 위해 세무서에 간 적이 있었다.

그래서 현호는 체험 학습 장소를 세무서로 정하기 위해 선생님께 건의했지만 선생님은 반대했고, 그때 박진숙이 손을 들어 그런 말을 한 적이 있었다.

'우리 아빠한테 말하면 갈 수 있을 거라고……'

그때는 대수롭지 않게 생각했었는데, 박진숙의 할아버지가 박한원 의원이라면 이제야 납득이 되는 얘기였다.

생각을 정리한 현호는 강태강을 바라봤다. 그는 좀 전의 싸움 따위는 그새 잊었는지 여유 있게 담배를 피우고 있었다.

"그럼 당신은 왜 진숙이를 구해준 건데? 당신이 박한수의 사람이라서?"

"글쎄."

특무부가 장선자의 세무 법인을 치자 강태강은 박한수의

지시로 장선자와 연결된 선을 자르려 발 빠르게 움직였다.

이미 오래전부터 장선자가 허위 대출에서 발생한 서류들을 따로 보관하고 있음을 알고 있었다. 그래서 이곳 창고에 왔더니 박진숙과 눈에 익은 여기자 하나가 잡혀 있는 게 아닌가.

"뭐, 그렇다고 해두자."

"나는? 나는 왜 부른 거야?"

박진숙이야 그렇다고 치자. 하지만 자신은 왜 부른 걸까.

현호는 그 의문을 재촉하는 시선을 담아 강태강을 바라봤다.

"너한테 해줄 얘기가 있거든."

"왜?"

현호가 재차 묻자 강태강이 눈을 찌푸리고 담배를 내려놓았다.

"말 더럽게 짧네."

강태강은 불만을 중얼거렸지만, 건달들 서열은 주먹이니 딱히 할 말은 없었다.

그저 이 녀석을 부른 게 제대로 된 선택이었냐가 중요할 뿐이다.

강태강이 다시 입을 열었다.

"너, 내가 지금부터 네가 모르는 몇 가지를 얘기해 줄 거야."

"그러니까 왜?"

"거래를 하자는 거야."

"거래? 나는 그쪽한테 얻을 게 없는데?"

"들어나 보고 얘기해."

강태강은 현호가 끌고 온 패거리들을 눈에 담으며 다시 담배를 입에 물었다.

"우선 가벼운 것부터 시작할까?"

"가벼운 거?"

"세무대학 주덕환 교수는 어때?"

현호의 얼굴이 순간 굳어졌다.

"그게 무슨 소리야?"

*   *   *

얘기를 마친 강태강은 현호를 뒤로하고 창고를 벗어났다. 홀로 어둠을 헤치며 나아갔다..

한참을 걷다가, 주위에 오로지 혼자만 있다는 사실을 깨닫자 그는 담배를 또 물었다.

치익.

'후… 강남 큰손 박태환까지 꼈을 줄이야.'

좀 전에 강태강은 현호에게 몇 가지 사실을 얘기해 줬다.

세무대학 주덕환 교수의 건과 서울청 장명준의 아킬레스건, 박한원 의원의 자금줄, 그리고 장선자가 보관해 놓은 서류들.

한마디로 이는 자신을 정치 깡패로 만들어준 박한수를 배신한 것이나 다름없었다.

그럼에도 불구하고 강태강은 현호를 택했다.

물론 현호를 마주했던 지난밤까지는 전혀 그런 생각이 없었다. 하지만 그날 밤, 공원을 나오는 중에 상황이 달라졌다.

송만호였다.

차에서 나와 그의 길을 막은 송만호는 박거성의 오른팔이자, 강태강이 한때 모시던 형님이었다. 그런 자가 차현호를 지켜보고 있었으니 놀랄 일이었다.

송만호는 그때 강태강에게 그런 말을 했었다.

"저 녀석 어떤 것 같냐?"

"쓸 만해 보이기는 한데, 그래 봤자 머리에 피도 안 마른 애 아닙니까? 형님이 어떻게 저 녀석을……."

"저 녀석이 머지않아 박한수를 무너뜨릴 거다."

"형님, 그 무슨 말도 안 되는 소리를."

"그렇게 되면, 넌 어떻게 할 거냐?"

"진심입니까? 허… 그 말이 맞으면, 나도 한번 걸어보죠. 저놈한테."

그리고 송만호의 말대로 정말 박한수가 코너에 몰렸다.

정치판에서 뒤치다꺼리한 세월만 햇수로 5년이 넘었다.

강태강은 자신의 감을 믿기로 했다.

어차피 그 역시도 장선자처럼 박한수에게 이용만 당하다 버려질 게 뻔했다.

그래서 장선자의 서류들을 찾으러 이곳 창고에 온 것도, 실은 박한수에게 서류를 가져다주기 위함이 아닌 차현호에게 건넬 심산이었다.

새로운 줄을 잡되, 놓고 온 줄은 바로 잘라 버리기 위함이었다.

"후… 하마터면 이걸 쓸 뻔했네."

강태강은 양복 웃옷 안주머니에 담긴 것을 꺼내 들었다.

총이었다.

짧은 총열에 가벼운 무게의 38구경 리볼버 권총이다.

부산에서 생활하던 시절, 야쿠자들에게 부탁해 몇 정 들여온 것 중 하나였다.

꽤 많은 걸 염두하고 현호를 불렀지만, 그와 주먹을 겨뤘을 때 그 순간 죽을지도 모른다는 생각이 스쳤었다.

강태강은 고개를 절레절레 흔들고 총을 다시 안주머니에 넣었다. 그러고는 밤하늘을 보려고 고개를 젖혔다.

"하… 달빛 한번 마음에 드네."

24장

활공

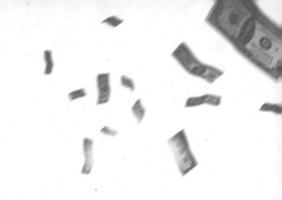

빵빵, 빵빵!

일렬로 늘어선 오토바이들이 도로 위를 달리고 있었다.

오토바이들은 바람을 뚫고, 차들을 앞서갔다.

거침없이 질주하는 그 선두에 현호가 있었다. 그는 직접 오
토바이를 운전했고, 그 뒤에는 박진숙이 타고 있었다.

오토바이에서 떨어질까 봐, 아니, 그의 체온을 조금이라도
더 느끼고 싶어서, 그녀는 현호의 등을 꼭 끌어안았다. 머리카
락이 흩날리는 현호의 모습에 취해 마치 하늘을 날아가는 기
분이었다.

마침내 집 앞에 도착하자 그녀는 아쉬움이 남은 얼굴로 현

호의 등에서 떨어졌다.

착.

오토바이에서 내려 땅에 발을 디딘 박진숙은 두 손과 두 발을 꼭 모은 채로 현호를 바라봤다.

그 모습이 꼭 잘못을 저질러 선생님 앞에 선 아이의 모습 같았다.

현호는 그녀를 마주 봤다. 그녀의 작은 어깨에 떨림이 남아 있었다.

분명 무섭고 두려웠을 것이다. 그 마음을 충분히 이해할 수가 있었다.

"이제 걱정하지 마. 다 끝났어."

현호는 미소를 띠고 그녀를 달랬다.

너무 가늘어서 만지기도 버거운 그녀의 팔을 가볍게 쓸어 주며 말했다.

"들어가."

그 한마디를 하고 뒤돌아서는데.

툭.

현호는 걸음을 멈췄다. 진숙이가 그의 옷깃을 붙잡은 것이 다.

아주 잠시 현호는 그대로 있었다.

"이대로… 가면 또 언제 봐?"

그녀가 물었다.

한숨을 내쉬느라 현호의 가슴이 들썩였다.

그녀를 돌아보면 마음이 약해질까 봐 뒤돌아보는 대신에 밤하늘의 달을 보며 말했다.

"그게 뭐가 중요해? 우리는 친구……."

그 말을 꺼내기 무섭게 현호는 작은 진동을 느꼈다.

그의 발이 중심을 못 잡고 흔들렸다. 진숙이가 그의 등을 다시금 껴안은 것이다.

현호는 살짝 감은 눈을 다시 떴다.

뒤에서는 진숙이의 흐느낌이 들려왔고, 눈앞에는 창석이와 윤아리가 두 사람을 지켜보고 있었다. 그나마 창석이의 친구들은 오는 길에 각자 흩어져 제 갈 길을 갔다.

"보고 싶었는데… 너무 보고 싶었는데."

진숙이는 낮게 울먹이며 속삭였다. 그녀의 말은 곧 그녀의 마음이었다.

고이 묶은 명주실을 한 올 한 올 풀어헤치듯이, 그녀는 조심스럽게 제 마음을 속삭이고 있었다.

왜 몰라 주냐고, 왜 연락하지 않았냐고 그를 탓하고 있었다.

'하…….'

현호는 밤하늘을 향해 다시금 한숨을 내쉬었다.

창석이는 어깨를 으쓱거리며 뒤돌아섰고, 윤아리 역시 고개를 절레절레 흔들고 두 사람에게서 시선을 떼고 뒤돌아섰다.

그제야 현호는 자신의 허리에 둘러진 진숙이의 두 팔을 풀고, 뒤돌아서 그녀를 마주했다.

"널 어떻게 하냐……."

퉁퉁 부은 그녀의 눈가에 흐른 눈물을 닦아주고, 흐트러진 그녀의 머리카락을 쓸어 넘겨줬다.

이렇게 하니 그녀의 고운 이마가 드러나고 맑은 눈동자가 드러났다.

"많이 무서웠어?"

무심한 위로의 말에 진숙이의 눈에서 또 눈물이 흘렀다.

"무슨 말을 못 하겠네. 그만 울어."

"흐흑."

현호는 피식 웃었다. 다시 그녀의 눈물을 닦아주고, 허리를 숙여 그녀를 품에 안았다.

그녀가 부서질까 등을 토닥토닥 조심히 두드려 주면서, 눈물이 그치기를 기다렸다.

진숙이의 눈물이 잦아들 즘, 현호는 그녀를 품에서 살짝 떼어내고 그녀의 턱 끝에 손을 가져갔다.

부드러운 살결이 손가락에 닿자 그녀의 턱을 살짝 들어 시선을 마주했다.

"나 봐. 지금 네 앞에 누가 있어?"

"…너, 차현호."

"그래, 내가 있어. 그리고 항상 내가 있을 거야."

지금은 비록 미소밖에 주지 못하지만 현호는 이것으로나마 그녀를 안심시켜 주고 싶었다.

　'오래됐구나.'

　돌이켜 보니 이 아이와의 인연이 꽤 깊다.

　태권도와 쭉정이의 놀림에도 씩씩한 모습을 보였던 어린 여전사가 지금은 이렇게 숙녀가 돼 여성스럽고 여리여리한 모습으로 현호의 앞에 서 있었다.

　문득, 지금 생각하니 왜 그토록 이 아이를 밀어냈나 싶은 작은 후회도 들었다. 그저 아껴주고 싶었고, 지켜보고 싶었을 뿐인데.

　"이제 들어가."

　현호가 장난스럽게 떠밀자, 진숙이는 망설임 끝에 집으로 들어갔다.

　그녀가 눈에서 완전히 보이지 않고서야 현호는 뒤돌아 윤아리와 창석이에게 다가갔다.

　윤아리가 샐쭉 미소를 짓고 장난을 툭 던졌다.

　"아쉽네요. 나도 그쪽이 마음에 들었었는데."

　"말했잖아요. 난 깔끔히 포기한다고."

　현호는 일전에 식당에서 윤아리의 농담을 농담으로 맞받아친 적이 있었다. 지금처럼.

　"이제 어떻게 할 거예요?"

　대답에 앞서 현호는 창석이를 돌아봤다.

"오늘 고맙다. 이만 가봐라."

"무슨 일 있으면 연락하세요. 오토바이는 집 앞에 두시면 저희가 알아서 챙길게요."

"그래."

창석이의 오토바이가 부르릉 소리를 내며 눈에서 멀어지자 현호 역시 오토바이에 올라탔다.

"타요. 데려다 줄게요."

"됐어요. 택시 타고 갈게. 그 등의 주인이 오늘은 내가 아닌 것 같아서."

장난스럽게 투덜대는 윤아리의 모습에 현호는 안쓰러운 시선을 담아 그녀를 바라봤다.

그녀의 팔뚝에 서린 떨림이 고스란히 보였다. 그녀도 많이 놀랐으면서 그래도 어른이랍시고 참고 있는 것 같았다.

"그럼 좀 걷죠."

"예?"

현호는 오토바이를 끌고 앞서갔다. 그녀가 택시를 타는 모습까지만 볼 생각이었다.

"이제 어떻게 할 거예요?"

현호의 곁을 따라오며 윤아리가 물었다.

"애초 계획은 이번에 특무부가 세무 법인 창을 조사하고, 그 뒤의 금진은행 건은 추후 과제로 남겨둘 생각이었어요."

현호는 굳이 윤아리 앞에서 이번 건의 전말을 숨기지 않았다.

어차피 윤아리도 모두 다 알게 됐다.

강태강이라는 남자는 윤아리에게 자신이 아는 많은 걸 얘기했다. 이유는 모르겠지만 제 딴에는 보험이라고 여겼을지도 모르겠다.

어찌 됐든 윤아리가 이번 일을 다 알게 됐고, mbs에서 보도를 하겠다면 말릴 수는 없었다. 다만, 그때 되면 이 건은 지금보다 한층 더 커질 테고, 금진은행은 영업정지를 피할 수 없을 것이다.

물론 이는 현호가 생각하는 가장 최소한의 경우의 수였다.

'박한원 의원이 가만히 있지는 않을 테지.'

어떻게든 사건을 축소시키려 할 테고, 또 다른 상대와 또 다른 거래들이 이어질 것이다.

"특종 잡으셨네요?"

생각을 끝으로 현호가 피식 웃으며 물었다. 하지만 윤아리는 굳은 표정으로 고개를 가로저었다.

"보도국에 올리지 않을 생각이에요."

"왜요?"

현호는 잠시 멈춰서 물었다. 윤아리가 그의 눈을 빤히 바라봤다. 엷고 붉은 입매를 꾹 다문 채 현호를 바라보더니.

"후……."

땅을 내려 보며 한숨을 내쉬고, 다시 그를 올려 보며 얘기를 이었다.

"좀 더 지켜보려고요. 왠지 그쪽 주위에 있으면, 강태강이 얘기한 그 그림을 볼 수 있을 것 같거든요."

"그림?"

"그런 게 있어요."

윤아리는 피식 웃기만 하고 대답하지 않았다. 현호가 다시 걷기 시작하자 그녀가 조심스럽게 물었다.

"그럼 처음 계획대로 가는 건가요?"

"뭐, mbs에서 보도를 하겠다면 금진은행까지는 가야겠지만, 내지 않겠다고 하면 그렇게 되겠죠."

현호는 담담한 말투와는 달리 눈을 찌푸렸다.

'박한원……'

그는 현호와의 약속을 어겼다.

딜을 약속했으면서 자리를 피했다. 현호를 버린 것이다.

그로 인해 현호는 관세청장 이주헌의 손을 잡았다. 최 조사관과 장충도, 성시원과 함께했고, 여기까지 예기치 않은 걸음을 해야 했다.

'그냥 넘어갈 수는 없지.'

하지만 일단은 이주헌의 손을 잡은 만큼 계획대로 움직일 생각이었다.

그러니 이 일이 끝난 뒤, 곰곰이 생각해 보기로 했다.

"다 왔어요. 이만 가요."

도로변까지 내려오자 윤아리가 현호를 향해 말했다. 그제야 현호는 오토바이에 올라타고 그녀를 돌아봤다.

"진짜 괜찮겠어요?"

"내가 보기에는 그쪽보다는 내가 세상 경험이 더 많은 것 같은데요?"

그녀는 흩날리는 긴 머리카락을 꽉 붙잡고 싱그러운 웃음을 보이며 말했다. 그 모습을 잠시 바라보다가 현호는 오토바이에 시동을 걸었다.

"그럼 전 이만."

윤아리는 멀어져 가는 오토바이를 한참을 바라보다 손을 들었다.

"택시!"

                    *   *   *

"뭐라고요?"

이주헌은 미간을 가득 찌푸렸다. 하룻밤 사이에 박한원의 얘기가 또 달라졌다.

─특무부가 이제 빠져 줬으면 좋겠는데.

이어진 그 말에 이주헌은 황당해서 할 말을 잃었다.

'이 양반 뭐야?'

어제 만났을 때는 장선자를 탈탈 털어달라고 했던 박한원이다. 그런데 이제는 특무부가 이 사건에서 빠져 달라니.

"그게 무슨 얘기입니까? 특무부가 빠지라는 건 이 건을 접으라는 말입니까?"

―검찰에서 이 일을 마무리했으면 좋겠어.

"어차피 특무부에서 세무조사하고, 검찰에서는 1년이든 3년이든 장선자에게 구형 때리면 되는 거 아닙니까?"

―내 약속한 것은 지키지. 장명준은 이번에 특무부에 가지 않을 거야. 그러니 이 건은 검찰에서 맡는 걸로 하지.

"아니, 의원님, 이제 와 이러시면 어떻게 합니까? 특무부가 나섰으면 그 결과라는 게 있는 건데, 여기서 빠지라니요? 그럼 특무부 꼴이 뭐가 됩니까?"

―얘기 끝난 걸로 알겠네.

툭.

"의원님!"

전화가 끊어졌다.

이주헌은 끊어진 전화를 쥔 채로 눈을 부릅떴다. 관자놀이 힘줄이 꿈틀댔다.

"감히… 나한테!"

지금 박한원 의원은 이주헌에게 통보를 한 것이다. 이는 그의 자존심을 건드린 것과 다름없었다.

특무부에게 물러나라니 대체 무슨 생각인지.

이주헌은 수화기를 든 채로, 그대로 전화번호를 눌렀다. 잠시 뒤에 최 조사관의 목소리가 들렸다.

"당장 차현호 데려와."

*　　　　*　　　　*

"5억이라고?"

송승국은 오늘 세상이 무너질 표정을 짓고 있었다. 오죽하면 이른 아침부터 현호의 세무서를 찾아왔을 정도로 그의 모습은 불안해 보였다.

"어머, 송승국 아니야?"

"진짜 송승국이네?"

카페 안의 사람들이 송승국을 알아보고 시선을 기웃거렸다.

"다른 곳으로 옮길까?"

현호가 측은함에 물었지만 송승국은 고개를 가로저었다. 그는 물 한 모금을 마셔 바싹 마른 입술을 축이고 다시 고개를 들어 현호를 바라봤다.

"어떻게 하지?"

송승국이 소속된 J 프로덕션 김재중 사장이 금진은행에서 송승국의 명의로 5억을 대출받았다. 물론 송승국은 그 돈을 구경도 못 해봤다.

모르긴 몰라도 송승국뿐 아니라 많은 연예인이 그 같은 피해를 입었을 게 분명했다.

'5억이라.'

현호에게 있어 5억이라는 돈은 놀랄 만큼 큰 액수는 아니었다.

하지만 송승국, 아니, 1995년을 살아가는 사람들에겐 5억은 이루 말할 수 없는 큰 금액일 것이다.

"현호야, 나 어떻게 하냐? 네가 뭘 할 수는 없겠지만, 나도 물어볼 데가 없어서……."

송승국은 횡설수설하고 있었다. 하루아침에 날벼락을 맞았으니 충분히 이해할 수 있는 모습이었다.

하지만 하소연을 한다고 해서 달라질 것은 없었다.

현호는 자리에서 일어나 풀 죽은 송승국의 어깨를 툭 두드렸다.

"걱정하지 말고, 촬영이나 열심히 해. 내가 알아볼게."

"어떻게 하게? 아니면 경찰서에 다시 가볼까?"

송승국이 실낱같은 희망을 가지고 되물었다.

"인마, 이미 벌어진 일이잖아. 걱정한다고 뭐가 달라지냐? 나 믿고 기다려봐. 오늘내일 안에 답을 줄게."

카페를 나와 송승국이 매니저의 차를 타고 떠나는 모습을 보고서야 현호는 택시를 붙잡았다.

*   *   *

"어서 와."

사무실에 들어온 현호의 모습에 이주헌이 엉덩이를 들썩였다. 기다리는 동안 이상하게도 녀석이 오면 답이 나올 것 같다는 기대감이 있었다.

"앉아."

이주헌의 빠른 손짓에 현호는 먼저 도착해 소파에 앉아 있는 최 조사관 곁에 앉았다.

"그래, 오는 동안 생각 좀 해봤나?"

"예."

"박한원이 왜 저럴까?"

"아무래도 특무부가 장선자를 캐는 것으로 멈춘다고 해도, 결국에는 금진은행에 대한 약점이 잡힐 거라는 계산이겠죠. 거기에 손녀딸이라는 변수가 발생했으니, 장선자를 용서할 수도 없었을 테고."

현호의 말에 순간 이주헌이 눈을 찌푸렸다.

"그걸 자네가 어떻게 알아?"

장선자가 박한원 의원 손녀딸에게 장난을 쳤다.

어제 박한원 의원을 만나고 온 이주헌은 그 사실을 알고 있었지만, 현호는 알 수 없는 일이다.

"제가 데려왔으니까요."

"뭐?"

이주헌의 이마가 놀라서 구겨졌다. 그는 믿기 힘든지 현호를 향해 재차 물었다.

"설마 자네가 그 아이를 구해왔다는 얘기야?"

"예."

"허……"

믿을 수 없는 얘기에 잠시 분위기가 가라앉았다.

이주헌은 제 무릎 위에서 손가락을 까딱거리다가 다시 입을 열었다.

"그럼 이제 어떻게 할까?"

그 말에 현호가 두 손으로 깍지를 끼고 자세를 바로 앉았다.

"손님이 터무니없이 물건 값을 깎겠다고 하면, 장사꾼은 되레 물건 값을 올리는 법입니다."

"그게 무슨……"

"값을 바꾸겠다는 겁니다."

이주헌을 바라보는 현호의 눈이 매섭게 번뜩인다.

*   *   *

"예, 검사님, 그럼 끊겠습니다."

현호는 운영지원과로 쓰던 지하 창고에서 윤선기 검사와 통화를 했다.

수화기를 내려놓은 그는 곧바로 지하 창고를 빠져나왔다.

최근 강남세무서의 분위기는 뒤숭숭했다. 마영환은 휴직서를 제출했고, 오늘은 특무부가 다녀갔다.

'응?'

법인세과에 발을 들이던 현호가 순간 멈칫했다.

장명준이었다. 그가 사무실 한편에서 현호를 기다리고 있었다.

"담배 한 대 피우러 가지."

"예."

현호는 고개를 끄덕이고 그를 따라 세무서 옥상으로 향했다. 조용히 얘기하기에는 옥상만 한 장소가 없었다.

"하, 춥네."

겨울 한파에 옥상에는 눈이 가득 쌓여 있었다.

하얀 눈에 발자국을 만들며 장명준이 담배를 물었다. 현호는 그가 건넨 담배를 입에 물고 라이터를 꺼냈다.

"…이 겨울도 곧 지나가겠지."

장명준이 속삭였다. 마치 자신의 현재 상황을 두고 얘기하는 것 같았다.

현호는 고개를 끄덕이고 잠시 뜸을 들여 말했다.

"제가 이런 선택을 한 거, 이해해 달라는 얘기는 하지 않겠습니다."

"아니야. 뭐, 어디 자네 한 사람 생각인가."

장명준의 얼굴이 씁쓸해 보였다. 그는 담배 연기를 길게 뿜어댔다. 몇 번이고 뿜어낸 끝에 다시 현호를 쳐다봤다.

'실수였나.'

지난날 창원에서 차현호라는 존재를 택했던 것은 실수였을까.

분명 얼마 전까지만 해도 차현호는 강남세무서의 비리 라인을 타파하고, 월연을 무너뜨리는 데 큰 공을 세웠다.

그 덕에 장명준의 서울청 내 입지도 탄탄해졌으며, 특무부 입성까지도 노릴 수가 있게 됐다.

'실수는 아니었지만, 운과 화를 동시에 불러들인 꼴이군.'

이번 일을 두고 마냥 차현호를 탓할 수는 없었다.

오히려 실망은 자신의 조카인 장충도에게 더 컸다. 그의 뜻을 몰라주는 조카에게 서운함과 분노도 느꼈다.

하지만 어쩌겠는가. 어찌 됐든 지금은 박한원 의원이 가진 패가 바닥이 났거늘.

"후……."

타들어 간 담뱃재를 털어내고, 장명준은 입안의 텁텁함을 느끼며 현호에게 말했다.

"어디까지 아나? 나에 대해서."

이걸 묻고 싶어서 여기까지 왔다. 어차피 특무부 입성은 물 건너갔다. 그렇다면 장명준이 해야 할 일은 하나였다.

자신의 안위.

지금은 그게 더 중요했다. 박한원 의원을 믿기에는 상황이 너무 여의찮게 돌아가고 있었다.

"한성준 의원 건에서 서류 조작이 있었던 걸로 알고 있습니다. 과세표준을 무리하게 잡아서 추징금이 과하게 잡혔더군요."

"부정하지 않겠어. 그때는 그래야만 했으니까."

현호는 담담하게 말하는 장명준의 얼굴을 잠시 쳐다보다 얘기를 계속했다.

"한성준 의원이 검사 출신이었다고 하더라고요. 그래서 금진은행의 허위 대출 건을 파고들려 했고, 이로 인해서 박한원 의원이 서울청 조사4국을 움직여 한성준 의원을 잡은 겁니다. 제 말이 맞습니까?"

현호의 추측에 이번에는 장명준이 대답 없이 고개만 천천히 끄덕였다. 그 눈동자에 후회의 빛은 담겨 있지 않았다. 한 가정이 무너졌지만, 그로서는 당연한 일이었을 뿐이다.

"날 어떻게 할 생각인가."

"국장님… 장라희 선배 아버지이십니다."

"라희한테는 얘기할 생각인가?"

장명준은 현호의 말이 자신을 지켜주겠다는 것인지, 아니면 죄책감을 가지라는 뜻인지 정확하게 판단이 어려웠다.

"쓸데없는 얘기 뭐 하러 합니까."

"고맙네."

"단, 조건이 있습니다."

"뭔가?"

"한성준 의원 건을 재조사해 주세요. 그리고 그 아들에게 과납세금을 환급해 주셨으면 합니다."

"환급이라고?"

장명준은 크게 놀라지 않았다. 그 정도야 어려운 일이 아니다.

"대략 5억은 나올 것 같던데요."

이미 장선자의 서류를 살펴본 현호였다.

창고에서 강태강은 현호에게 장선자의 서류를 모두 건넸었다.

서류에는 금진은행이 지금까지 장선자를 통해 저지른 허위대출 건수와 그에 따라 금진은행 박한수 이사에게 넘어간 수수료까지 하나도 빠짐없이 존재했다.

"알겠네. 처리하지."

장명준이 고개를 끄덕였다.

"이게 답니다. 이렇게만 해주시면 국장님은 무사하실 겁니다."

"하… 그런가."

장명준이 재차 고개를 끄덕이며 한숨을 내쉬었다. 하얀 입김이 공중에 하늘하늘 피어올랐다.

"바쁜 시간 뺏어 미안하네."

장명준이 뒤돌았다. 코트 끝자락이 펄럭일 때마다 눈 위에 발자국이 새겨졌다.

현호는 그 모습을 잠시 지켜보다가 말했다.

"앞으로 많이 힘드실 겁니다. 이주헌이라는 사람, 국장님 가만히 내버려 둘 사람은 아닙니다. 써먹으려 할 테고, 써먹히셔야 될 겁니다. 그래야… 삽니다."

"그래."

장명준은 뒤돌아보지 않고 그대로 옥상을 내려갔다.

홀로 남은 현호는 다시 담배를 입에 물었다.

'끊어야겠네.'

한동안 안 피우다 태우니까 습관적으로 태우고 있었다.

"이래서 금연은 함부로 하는 거 아니라니까."

피식 웃으며 혼잣말을 중얼거린 그는 손가락 사이에 꽂혀 있는 담배를 바라봤다.

눈을 한번 깜박이자, 앞에 박진숙이 나타났다.

현호는 고개를 갸우뚱하고, 그녀의 눈을, 그녀의 얼굴을 빤히 바라봤다.

'이 아이를 사랑할 수 있을까.'

아니, 이 아이를 향해 마음이 움직이고 있는 걸까.

어른의 사랑은 거칠다. 하물며 이미 사랑을 겪어 봤고, 사랑의 부질없음도 깨달은 현호였다.

'하지만……'

진숙이의 모습 곁에 현호의 또 다른 기억이 나타났다.

이전 삶에서의 현호와 딸 차아영이었다.

아마 아영이가 대여섯 살쯤 되었을 것이다.

새근새근 잠든 아이에게 어울리지 않는 시집을 읽어 내려가던, 행복했던 그때의 순간이 고스란히 나타났다.

'사랑은 그 자체로 다시금 반복될 수 있는 유일한 존재다. 마치 그대가 죽고 다시 윤회해, 그 사랑을 못 잊어 다시금 애타게, 열렬히 찾게 되듯 말이다.'

시의 한 구절, 손끝에서 느껴지는 종이의 질감, 아이의 숨소리, 그리고 어깨에 전해진 아내의 손이 가진 체온까지… 지금 순간 모든 것이 고스란히 손에 잡힐 것 같았다.

'응?'

진숙이를 바라보던 현호는 불현듯 눈물 한 줄기를 흘렸다. 눈물이 볼을 타고 흘러내렸다.

현호는 팔을 접어 어깨에 느껴진 아내의 손을 매만졌다. 그리고 다시 손을 뻗어 눈앞의 박진숙의 볼에 손을 댔다.

'이 아이를 사랑하게 되면, 나는 거칠어질 것이다.'

아이의 육체가 으스러질 정도로 사랑을 하고, 이 아이의 전부를 담을 정도로 빠져들지도 모른다.

그래도 사랑해야 하는가.

현호는 눈을 질끈 감았다가 다시 떴다.

기억이 사라지자 옥상에 쌓인 하얀 눈과 하얗게 변한 세상만이 보였다.

"하……."

달아오른 열기를 식히려 한숨을 내쉬었다. 담배는 손가락 사이에서 여전히 연기를 피우고 있었다.

mbs에서 특무부 세무조사의 후속 보도가 나왔다.

이번에는 금진은행이다.

윤아리는 현호에게 금진은행에 관한 것을 보도하지 않는다고 했었다. 하지만 현호가 아니, 특무부가 직접 mbs에 보도 자료를 돌렸다.

장선자의 세무 법인 창, 그 뒤에는 금진은행이 있으며 금진은행 임원진은 장선자가 데려온 고객의 부동산과 자산을 부풀려 허위 대출을 해주고 그 수수료를 챙겼다. 또한 금진은행이 직접 특수목적회사인 SPC를 설립해 은행의 돈을 빼돌렸다.

mbs의 보도는 충격 그 자체였다.

대한민국이 흔들릴 특종이었다.

이는 지금까지 박한원 의원과 조율해 왔던 값의 범위를 뛰어넘는 것이었다.

아예 거래를 하지 않겠다는 뜻과도 같았다.

현호는 이미 장선자의 서류를 모두 가지고 있었고, 박한원 의원은 그 사실을 모른 채 무리한 제안을 했다.

틀어질 수밖에 없는 일이었다.

다만 현호는 이 건을 훗날의 저축은행 사태의 시작으로 볼 수 있었기에, 예견된 미래를 거스르는 일이 될까 걱정이 돼 금진은행까지는 가지 않으려고 했었다. 그래서 끝까지 애초의 계획을 고수하려고 했었는데…….

'달라졌어. 미래가 달라질 거야.'

신문 기사를 보는 현호의 얼굴에는 찌푸림도, 그렇다고 미소도 보이지 않았다.

"다 왔습니다."

택시가 멈춘 곳은 세무대학이었다. 현호는 지금 주 교수를 만나러 왔다.

또각, 또각.

현호는 천천히 운동장을 지나 일부러 기숙사 근처를 지나갔다.

수업이 끝나 오후가 되면 황주혜가 이곳을 뛰어다녔다. 가끔 방호식은 기숙사 앞에서 담배를 태웠다.

현호는 통금 시간을 어길 때면 기숙사 사감 조교의 눈치를 보며 기숙사에 들어가야 했다.

"훗."

피식, 웃음이 흘렀다.

이제 현호의 머릿속에는 2가지 대학 생활이 공존하고 있었다. 하나는 이전 삶에서의 기억이었으며, 하나는 지금 삶에서의 기억이었다.

마침 주 교수는 수업 중이었다. 현호는 주 교수의 사무실에서 그를 기다렸다.

'교수님.'

황주혜는 그가 췌장암이라고 했다.

30분 정도를 기다리니 주 교수가 사무실에 들어왔다. 그는 현호를 보고 반겼다.

"왔나?"

"교수님."

"…들었나?"

주 교수는 현호의 얼굴이 무거워 보이자 고개를 끄덕이며 소파에 마주 앉았다.

"많이… 안 좋으신가요?"

"누구나 한번은 죽게 마련이지."

죽음.

그 말을 꺼내고, 주 교수의 얼굴 위에 떠오른 미소가 딱딱해졌다.

늙은 교수는 담담하게 죽음을 받아들이려 노력하고 있었다.

"아드님 얘기 들었습니다."

"뭐, 큰일은 아닐세."

"그거 제가 처리할 겁니다."

"뭐?"

현호는 강태강에게서 세무대학과 관련된 이야기를 들었다.

물론 일전에 황주혜에게서 들은 내용이기는 했지만, 강태강에서 들은 것은 그 내용의 전말이었다.

지금 한누리당과 민정당은 세무대학의 필요성을 두고 설전을 벌이고 있었다.

그런 와중에 세무대학 교수인 주 교수의 허물이 드러났다. 물론 그 허물은 주 교수가 아닌 그 아들이 문제였지만.

"그러지 말게."

주 교수는 단호하게 말했다. 그러더니 숨을 크게 내쉬고 현호를 바라봤다.

"내 눈에는 자네가 그걸 정상적인 방법으로 얻었다고는 생각하지 못하겠네."

"예, 맞아요. 떳떳하지 못한 일입니다. 하지만 교수님, 전 그렇게 할 겁니다."

그 말에 주 교수는 만감이 교차한 얼굴이었다. 그는 얼굴을 숙이고 속삭였다.

"그런다고 세상이 달라지겠나?"

현호는 주 교수에게 딱히 답을 줄 수가 없었다.

세무대학은 1999년 8월, 세무대학설치폐지법령이 통과되고, 2001년 2월에 폐교된다.

IMF를 막을 수 없듯이 그 또한 막을 수 없다.

"교수님, 많이 피곤해 보이세요."

"그러게. 아내하고 여행을 가려고 했는데… 못 가겠어."

주 교수는 올 9월쯤에 아내와 여행을 갈 계획이라고 했었다.

현호는 가슴에 고이는 먹먹함을 달래려 미소를 띠고 주 교수를 바라봤다.

"가시면 되죠."

"훗."

주 교수는 한 번 웃어 보이더니 말없이 고개를 끄덕였다. 현호는 순간 울컥해서 눈시울이 붉어진 얼굴을 숙이고 말했다.

"다시 오겠습니다. 일이 안 끝나서 가봐야 됩니다."

"그러게."

"일어나지 마세요. 가보겠습니다."

현호는 주 교수가 따라 나올까 봐 서둘러 사무실을 나왔다.

문밖을 나온 그 순간, 때마침 현호의 눈에 복도를 가로질러 오는 주 교수의 아들이 보였다. 예전에 한번 본 기억이 있었다.

그 역시도 현호를 알아보고 손을 내밀려 했다.

"아, 나 알지? 오랜만이야."

현호는 그의 손을 잡는 대신 빤히 쳐다봤다. 그가 당황해서 이마를 기울이자 현호가 물었다.

"여긴 어쩐 일입니까?"

"어… 아버지께 상의 드릴게……."

쿵!

현호는 주 교수 아들의 멱살을 쥐어 벽으로 밀어냈다. 그러고는 그 상태로 힘을 줘 그를 누르고 노려봤다.

"왜, 왜 이래?"

"쓰레기 같은 자식……"

한누리당은 민정당과 세무대학을 두고 설전을 벌이고 있다. 하지만 그 이면에는 서로가 합의된 계획이 있었다.

세무대학 출신들이 국세 전반에 힘을 쓰는 것을 방지하기 위해서 손을 잡은 것이다.

권력의 종류가 어떤 것이든, 더 이상 늘어나면 안 되니까.

강원도 영인콘도의 기획 세무조사는 한누리당에서 지방 세무서에 압력을 넣어서 시행됐다. 그리고 민정당 국회의원은 그 기획 조사를 막았다.

그 일은 민정당 국회의원의 보좌관이 대신 나서서 움직였고, 보좌관의 아버지는 세무대학 교수.

이는 하나의 시나리오였다. 애초부터 양당이 그렇게 진행하기로 합의가 됐었단 얘기다.

강태강이 전한 그 사실에 현호는 분노를 억제할 수가 없었다.

"이 개 같은……"

현호는 주 교수의 아들을 찢어 죽일 듯이 노려봤다. 겁에 질린 그가 입술을 바들바들 떨었다.

인간이란 이런 것이다.

실로 다양한 인간상이 있지만, 때론 어떤 인간상은 제 배를 채우려 부모의 살점을 뜯고, 뼈를 고아 먹는다. 그런 인간.

툭.

주먹을 쥐고 있던 현호는 그대로 주 교수의 아들을 내려놓고 이를 드러냈다.

"아버지한테 잘해… 나중에 후회한들 쓸데없으니까."

정말 쓸데없었으니까.

현호는 이전 삶의 자신을 떠올리며 더 이상 얘길 잇지 않고
뒤돌았다.

＊   ＊   ＊

이미 물은 엎질러졌다.

관세청장 이주헌은 현호의 제안을 따랐고, 박한원 의원은
지금 곤경에 처했다.

물론 이주헌 청장이 무턱대고 현호의 말을 따른 것은 아니다.

이주헌이나 최 조사관도 머리가 있는 사람들이었다.

단지 그들은 자신들의 현재 위치와 여러 가지 경우의 수를
복잡하게 계산해야 했고, 현호는 그저 금진은행과 박한원 의
원 두 곳에 초점을 맞췄을 뿐이었다.

그 결과 현호가 제안한 것이 맞는 답이었고, 이주헌도 결국
에는 생각의 끝이 제자리걸음임을 알기에 바로 움직였다.

이제 언론 보도로 인해 금진은행의 문제는 만천하에 공개
됐다.

아직 드러나지 않은 것은 금진은행과 박한원 의원과의 관
계, 금진은행의 정관계 유착, 한성준 의원 30억 추징 사건과

같은 금진은행의 비하인드 스토리 정도였다.

사실 장선자의 건은 더 이상 중요하지 않았다.

금진은행에 있어 그녀는 꼬리였을 뿐이었고, 꼬리는 언제든 자를 수 있는 것이었다.

그렇다면 박한원 의원은 이제 끝이 난 걸까.

"주문하신 커피 나왔습니다."

테이블에 놓인 커피를 쳐다보던 현호는 고개를 들어 여 종업원에게 고맙다고 말했다. 그러자 종업원이 살짝 붉어진 얼굴을 감추고 물러났다.

카페에서 홀로 커피를 마시는 손님을 보는 것은 드문 경우였지만 이렇듯 멋진 남자가 커피를 마시는 모습을 지켜보는 것은 그녀에게 있어 행운이기도 했다.

"저 사람 누구야?"

"멋있다."

종업원들이 현호를 두고 수다를 떠는 사이에도 현호는 생각을 이어가고 있었다.

'흠… 박한원…….'

커피 한 모금을 마시고 박한원을 떠올려 봤다.

현호가 박한원 의원을 마주했던 적은 여태 단 한 번이었다.

그의 치부가 담긴 녹음테이프가 아니었다면 결코 이뤄질 수 없는 자리였다.

'약속을 어길 위인은 아닌 듯했는데.'

그런 자가 현호와의 약속을 어기고 만남을 미뤘다. 그가 만나줬다면 상황은 이렇게까지 흘러가지 않았을 것이다.

그랬다면 이주헌 청장은 경우의 수를 따지다가 움직이지 못했을 것이고, 특무부가 장선자의 '세무 법인 창'을 건드릴 일도 없었을 것이다.

하나 그래도 결국에는 박한원 의원은 살아남을 것이다. 그 자리까지 오르며 쳐낸 정적의 수가 어디 한둘이었겠는가.

아닌 말로 현호 역시도 박한원에게 있어서는 이제 성가신 존재가 돼 버린 게 사실이었다.

그러니 현호로서는 박한원이 이쯤에서 무너지는 게 좋겠지만, 그건 쉽지 않을 일이다.

커피 한 잔을 두고 현호는 한 시간 가까이를 카페에 앉아 있었다.

하지만 박한원 의원에 대한 생각은 진즉 끝낸 상태였다.

그저 지금은 지금까지의 시간을 되짚어 보고 있을 뿐이었다. 기억들이 파노라마처럼 펼쳐져 흘러간다. 그것들을 감상 아닌 감상을 하면서 그는 커피를 마셨다.

이따금 종업원이 다가와 리필을 해주면 고맙다고 인사를 해주는 게 전부였다.

드르륵.

현호가 의자를 밀어내고 일어났다.

                    *   *   *

[단독] 특무부, '금진은행' 조사 시작된다.

신문을 보는 박한원 의원의 얼굴이 굳어 있었다.

그는 지금 이주헌 청장을 앞에 두고 있었고, 그 옆에는 차현호가 앉아 있었다.

부스럭, 부스럭.

박한원 의원이 신문을 고이 접어 바닥에 내려놓았다.

그러고는 말없이 술 주전자를 들더니 이주헌을 향해 내밀었다.

쪼르륵.

하얀 도자기 잔에 술이 채워졌다. 이어 현호에게도 술 주전자가 내밀어졌다.

잠시 맞닿은 박한원 의원의 시선에 찬바람이 불었다.

"지난번 전화는 미안하게 됐네."

박한원 의원이 먼저 사과를 꺼냈다.

이주헌이 콧바람을 들썩이면서 고개를 휘휘 내저었다.

"아닙니다. 그럴 수 있죠. 감히 의원님의 손녀딸을 그렇게 했는데, 그걸 어떻게 그냥 두겠습니까?"

이주헌이 동조하며 술잔을 함께 기울였다.

현호도 고개를 틀고 한 잔 마셨다.

이번에는 이주헌이 술 주전자를 들었다. 박한원 의원의 잔에 채우고, 현호의 잔에 채우면서 현호를 칭찬했다.

"이 친구가 아주 괜찮은 친구입니다. 듣자 하니, 의원님 손녀도 이 친구가 구해줬다던데, 허허. 이거 의원님에게 귀인입니다, 귀인. 허허허."

껄껄 웃는 이주헌의 모습에 미약하지만 박한원 의원의 턱이 꿈틀거렸다. 현호는 침묵 속에서 두 사람의 대화를 가만히 들었다.

"적당한 선에서 가지 쳐 주게."

박한원 의원이 그 말을 뱉고 쓴 술을 아주 단 것처럼 마셨다. 안주에는 손도 대지 않았고, 이주헌만이 젓가락질을 분주히 움직였다.

그 젓가락이 샛노란 계란 노른자가 얹힌 붉은 육회를 헤집었다.

입을 쩍 벌린 이주헌이 그 안에 육회를 욱여넣었다.

"흠… 여기 음식이 괜찮네."

"마음에 드나? 그럼 종종 자리하지."

박한원 의원과 이주헌은 술잔을 주거니 받거니 하며 친목을 도모하고 있었다. 그 모습을 보며 현호는 찌푸린 얼굴을 감춰야 했다.

이런 흐름은 이미 예상한 바였다.

이주헌도 애초부터 박한원 의원까지는 건들 생각이 없었던

데다, 박한원 의원도 지금 상황에서 이주헌을 공격할 명분이나 패가 없었다.

서로를 쳐내지 못할 바엔 타협하고 공존하는 걸 택하는 것이 정치다.

지독히도 현실적인 모습이었다.

"어르신께서 통상산업부 차관에 자네를 염두에 두고 있다는 얘기가 있던데?"

"한누리당에서 반대만 없다면 뭐 그게 문제겠습니까?"

"우리가 반대할 이유가 뭐가 있나."

박한원 의원의 조용한 반문에 이주헌이 흡족한 미소로 잔을 기울였다.

이쯤에서 현호는 조심히 입을 열었다.

"저 화장실 좀 다녀오겠습니다."

"그래, 천천히 갔다 와."

현호가 자리에서 일어나 방을 나왔다. 두 사람이 실컷 얘기하라고 멍석을 깔아준 것이다.

식당을 나온 그는 주차장에서 담배를 꺼내 들었다. 담뱃갑 안에는 마지막 한 대가 남아 있었다.

"후……."

이제 특무부로 가는 것은 기정사실화되었다.

이주헌이 원하는 것을 얻었다고 막판에 헛수를 두지 않는 한은 현호의 특무부 입성은 확정이라고 봐야 했다.

'면접도 의미가 없겠는데.'

재정경제원에서 고위 간부가 직접 내려와 면접을 진행한다고 했다. 물론 이제 와 형식에 그칠 게 뻔한 일이었지만.

현호가 담배 한 대를 다 피울 즘이었다.

고개를 돌리려는데 박한원 의원의 보좌관이 현호를 향해 다가왔다.

"잠깐 나하고 얘기 좀 하지."

현호는 잠시 그를 보다가 고개를 끄덕였다.

"얘기하시죠."

"의원님이 자네를 안 만나려고 한 것이 아니야."

"그게 무슨 말입니까?"

뜬금없는 보좌관의 얘기에 현호가 눈을 찌푸렸다. 보좌관은 크게 숨을 들이쉬더니 곤란한 사실을 얘기하듯 이마를 찌푸려 말했다.

"실은 내가 커트했어."

얘기치 못한 소리에 현호는 잠시 아무 말도 하지 않았다. 그렇지만 결국 씁쓸한 웃음을 보일 뿐이었다.

"그래서 뭐가 달라집니까?"

"내가 보기에는 그것 때문에 일이 이렇게까지 온 것 같은데, 아닌가?"

현호는 보좌관을 다시 바라봤다.

'흐름을 보는 눈이 있군.'

하긴 이 바닥을 하루 이틀 굴렀을까.

"이주헌 청장을 먼저 보내고, 자네는 남게."

"예?"

보좌관의 이어진 말에 현호의 눈이 다시 찌푸려졌다.

"의원님이 자네와 단둘이 얘기하고 싶다더군."

"무슨 얘기를……."

몇 가지 예상되는 건 있었지만 현호는 짐짓 모른 척 물었다.

"글쎄."

그 말을 끝으로 보좌관이 물러나자 현호는 방으로 다시 돌아갔다.

현호가 들어가자 이주헌이 만족한 듯 자리에서 일어났다.

"그럼 이만 일어날까요."

"나는 좀 있다 가려고."

"그러시려고요? 그럼, 다음에 또 뵙겠습니다."

"좋은 일로 보자고."

현호는 이주헌을 따라 나왔다.

주차장으로 나오자 이주헌의 비서가 차에서 내려 비틀거리는 그를 부축했다. 현호가 자리를 비운 잠깐 새에 꽤 많이 마신 듯했다.

"차현호……."

비서에게 기댄 이주헌이 현호를 돌아봤다.

"잘했어, 잘했어."

"살펴 가십시오. 저는 택시 타고 가겠습니다."

"그래, 차현호……."

이주헌이 손가락을 내밀었다. 흡족한 미소를 띠고 현호를 가리켰다.

"너 아주 마음에 든다. 특무부가서 한번 활개 쳐 봐."

"예, 알겠습니다."

"이거, 아주 인물이야. 하하하."

현호는 이주헌의 추태를 겨우 견디고 주차장에 홀로 남았다.

이제 그는 다시 뒤돌아 식당으로 들어갔다. 박한원의 방 앞에 보좌관이 대기하고 있었다.

"들어가 보게."

현호는 신발을 벗고 방 안으로 들어가자, 박한원이 쓴 미소를 보이며 손을 흔들었다.

"앉아."

현호가 자리에 앉자 그가 술 주전자를 들었다.

"진숙이 일은 고맙네. 자네가 그 아이 동창일 줄이야, 훗."

박한원 의원은 피곤한 몸을 숙여 술 주전자를 기울었다. 현호 역시도 술 주전자를 돌려 그의 잔을 채웠다.

한 모금을 꿀꺽 마신 박한원이 처음으로 젓가락을 손에 쥐었다. 그는 육회를 천천히 헤집더니, 그냥 젓가락을 내려놓았다.

"아까 봤나?"

"뭘 말씀입니까?"

"돼지 새끼처럼 처먹더군."

박한원은 육회를 입에 욱여넣던 이주헌을 얘기하고 있었다.

"그래, 자네가 지난번에 날 보자고 했다며? 내 비서가 쓸데없는 짓을 했다던데."

보좌관은 현호의 제안을 중간에서 끊었던 사실을 박한원 의원에게 얘기한 모양이었다. 아마 그로서는 얘기하기까지가 큰 결심이었을 것이다.

"지난번 못 했던 부탁을 드리려고 했었습니다."

"뭔데?"

"특무부에 내정된 장명준 서울청 조사4국장 대신, 제가 가고 싶다는 얘기였습니다."

박한원 의원이 잠시 생각하더니 고개를 끄덕였다.

"겨우 그것 때문에 사태가 여기까지 온 건가."

"어차피 터질 일이었습니다. 그저 조금 일찍 터진 것뿐입니다."

물론 후에 터졌다면 그동안 피해자는 늘어났을 테고, 일을 주도한 이들은 배가 터지도록 욕심을 채웠을 테지만.

"좋아, 다 지난 일이지."

박한원 의원이 꾹 다문 입술을 끄덕이는 사이, 현호가 다시 그의 잔을 채웠다.

"그럼 말이야. 이제 어떻게 할까?"

박한원이 잔을 쥔 채로 물었다.

"아까 얘기 다 끝나신 것 아닙니까?"

"얘기야 끝났지만 다른 방법이 또 있나 물어보는 거야."

"흠……."

현호는 대답하기가 곤란했다.

이주헌이 마음에 드는 것은 아니었지만 어찌 됐든 이주헌의 손을 잡았고, 이번 일이 마무리될 때까지는 그 손을 놓을 생각이 없었다.

사실 지금 박한원 의원과 따로 술자리를 갖고 있는 것도 어떻게 보면 이주헌에게 있어선 배신이라고 여길 수도 있는 부분이었다.

"어떻게 할까?"

그 같은 현호의 생각을 아는 건지 모르는 건지, 박한원이 다시 물었다. 깊이를 알 수 없는 검은 눈동자가 현호를 담고 있었다.

"이미 일은 벌어졌습니다. 말씀하신 것처럼 가지를 칠 수는 있겠지만 핵심적인 부분은 곧 드러날 겁니다."

특무부가 금진은행을 털고 있다. 이주헌의 입김이 닿고 있어도 일단 움직이면 결과는 나온다.

다만 박한원 의원이 드러나냐는 것인데, 이는 장담할 수 없는 일이었다.

확실한 것은, 설사 박한원 의원이 드러난다 하더라도 특무부는 박한원 의원까지는 조사하지 않을 것이란 사실이다.

그가 세금을 누락했든 불법 자산이 있든 없든 특무부는 모른 체할 뿐이다.

그게 오늘 이주헌이 박한원에게 약속한 것이었다.

어차피 검찰은 박한원 의원이 힘이 닿는 곳이니 검찰도 움직이지 않을 것이다. 언론에서 조금 잡음이 생기긴 하겠지만, 박한원 의원은 이 위기를 넘길 수 있을 것이다.

"그게 단가?"

"후……."

현호는 긴 한숨 뒤에 입을 열었다.

"선배 중에 의대생 한 명이 있습니다."

현호는 찬대미 회원이자 한국대 의대생 김춘삼을 조심히 언급했다.

"그 선배 말이 혈액에 염증이 생기거나 하면 사지가 썩는다고 하더군요."

"그래서?"

이제야 박한원 의원이 잔을 기울여 술을 입에 머금었다. 현호가 그의 잔을 다시 채우고 얘기를 이었다.

"이때는 염증 치료와 동시에 썩은 부위를 잘라내야 한다고 합니다. 한데, 그 잘라내는 부위가 딱 썩은 부위까지가 아니고, 그보다 좀 더 범위를 넓혀야 된다고 합니다. 어중간하게 자르면 안 자르니만 못 하다는 거죠."

"썩은 부위를 자른다……."

박한원은 현호가 할 얘기가 무슨 뜻인지 대충 짐작하는 것 같았다. 그의 얼굴이 지금까지보다 한층 무거워졌다.

현호는 잠시 얘기를 멈췄다가 마른침을 삼키고 박한원의 눈을 바라보며 입을 열었다.

"동생 분, 금진은행 박한수 이사… 직접 자르십시오."

*   *   *

"형님, 어떻게 그런 말씀을……."

박한수는 입술이 바싹 타들어갔다. 믿었던, 하나밖에 없는 구원의 손길이 지금 자신의 손을 놓으려 하고 있었다.

"하나가 살면 둘이 사는 거야. 둘 다 죽었을 때가 비로소 둘이 죽는 거지."

박한원 의원은 흔들림 없는 시선으로 박한수를 바라봤다.

동생은 여태 잘해왔다. 그를 국회의원으로 만들기 위해서 할 수 있는 모든 것을 해왔고, 궂은일도 마다하지 않았다.

그래서 여기까지 온 것이다. 동생이 형을 위해서 자신의 인생을 바쳤다.

이제야 그 노력이 빛을 발하는 순간인데, 지금에 와서 이렇게 무너질 수는 없었다.

"미안하다."

박한원 의원이 꺼낸 말에 박한수의 이마에 주름이 잡혔다.

"형님?"

수각황망(手脚慌忙).

박한수의 커진 눈동자에는 박한원의 모습이 그대로 담겼다.

처음이었다. 형님이 그에게 미안하다는 얘기를 꺼낸 것은.

"하… 그럼 어떻게 하면 됩니까?"

결국 박한수가 체념하고 물었다. 형제라는 관계를 떠나서, 한누리당 원내대표가 고개를 내젓는 정도라면 정말 상황이 심각해진 것이다.

'그래, 형님 말대로 하나라도 살면 둘이 사는 것이지.'

그 말이 박한수의 머릿속에서 경종이 돼 울려 퍼졌다.

"흠."

박한원 의원이 늘어진 한숨을 내쉬며 소파에 등을 기댔다.

잠시 눈을 감은 채로 차현호를 떠올렸다.

'그 녀석……'

엄밀히 따지면 이 일은 이주헌과 박한원의 알력 다툼이었다.

단지, 차현호를 가진 쪽이 수 싸움에서 유리했을 뿐이다.

'이주헌, 이 아귀 같은 놈.'

용서할 수 없는 놈이다. 그 빌어먹을 놈의 자식.

이주헌의 불룩 튀어난 볼과 늘어진 귀를 떠올린 박한원의 아랫배에서 슬금슬금 열기가 피어올랐다. 열기는 점점 퍼져 온몸을 가득 채웠다.

뿌드득.

소파를 움켜쥔 그의 손등의 힘줄이 불뚝불뚝 곤두섰다.

'어떻게 하면 되나?'

지난밤, 박한원은 차현호에게 해결책을 물었다.

하지만 녀석은 대답을 주저했다. 이주헌의 손을 잡기로 한 이상 배신은 하지 않겠다는 뜻이었다.

그러나 고민 끝에 녀석은 박한원에게 한 가지 조언을 해줬다. 그의 동생이자, 금진은행 이사 박한수를 쳐내라는 것이었다.

거기에 한 가지를 덧붙였다.

"박한수 이사에게 금진은행이 벌인 일에 책임을 지고 이사직에서 내려오라고 하세요. 은행을 제대로 관리 감독을 하지 못했다는 명분으로."

그 제안은 나쁘지 않았다. 개인의 일탈이 아닌 은행에게 책임을 전가하고, 박한수는 잠시 몸을 피할 수 있으니까.

하지만 문제는 이어진 다음 말이었다.

"사람들은 그래도 박한수 이사가 책임을 지는 모습을 원합니다."

"그래서?"

"재산을 사회에 환원하라고 하십시오."

"그게 말이 되나? 그건 못 하네."

박한원 의원은 황당해서 얼굴을 찌푸렸다. 아무리 그래도 그것만은 할 수가 없었다. 세상 사람이 모두 욕해도, 박한수는 자신의 동생이고, 자신의 가족이다.

그러자 차현호는 말했다.

"재단, 장학 재단을 세우세요."

그 말이 떨어지자 박한원 의원의 머릿속이 번뜩였고, 바로 무릎을 쳤다.

"그렇지!"

일찍이 박 대통령도, 전 대통령도 재단을 세웠지 않았던가.

재단 운영이야 측근과 가족으로 운영하면 될 터이고.

"물론, 상속세와 증여세도 문제 되지 않을 겁니다."

차현호가 쐐기를 박듯 마지막 말을 끝으로 자리에서 일어났다.

"형님."

박한수가 생각에 잠긴 박한원 의원을 깨웠다.

동생의 목소리에 다시 눈을 뜬 박한원 의원은 눈주름을 엷게 잡고 결심하듯 얘기를 꺼냈다.

"차현호를 잡아야 되겠어."

"아니, 갑자기 또 무슨 말씀을."

"곁에 둬야 돼!"

지금 막, 박한원 의원이 결정을 내렸다.

*   *   *

"고맙습니다."

현호가 감사의 인사를 전하자 특무부 성시원 조사관이 고개를 가로저었다.

특무부는 현호의 부탁으로 J 프로덕션 김재중 사장의 자산에 압류를 걸었다.

특무부는 세무조사 대상자의 은닉 재산 및 유사 재산 발견 시, 임의 회수가 가능하다.

김재중 사장이 숨겨놓은 자산이 20억대. 사돈에 팔촌까지 동원해 대한민국 곳곳에 뿌려놓은 그 돈이 특무부의 손 안에 모이는 것은 그리 오래 걸리지 않았다.

이로써 송승국의 돈을 되찾을 수가 있게 됐다.

"고마우면 이제 말 좀 놔도 될까?"

"하하, 편하게 말씀하세요."

"그래, 사실 좀 불편했거든."

현호가 성시원과 몇 번 얘기를 나눠본 바, 그는 이름 그대로 시원한 남자였다.

성격과 행동도 분명했고, 자기 소신이 있는 사람이었다.

"어제 기자 회견 봤나? 재단이라니… 웃기지도 않아서 그냥."

성시원이 혀를 찼다.

어제 금진은행 경영진은 기자 회견을 자처했다.

점심시간임에도 기자 회견 현장이 생중계될 정도였다.

터미널 TV 앞에는 사람들이 모여들었고, 시장통의 작은 TV 앞에서는 시장 상인들이 기자 회견을 지켜봤다.

그 자리에서 금진은행 이사 박한수는 은행의 방만한 운영에 대한 책임을 지기 위해 자신의 재산을 사회에 환원한다고 선언했다.

그러자 오늘 기다렸다는 듯이 기사들이 쏟아졌다.

모두가 박한수의 행동을 '높이' 평가했다. 그중 어떤 기사는 '용기 있는 자가 책임을 지는 법'이라는 타이틀을 붙였다.

물론 박한원 의원의 입김이 닿은 기자들과 신문사의 움직임이었다.

특무부 조사 결과, 금진은행이 저지른 허위 대출 규모는 2천억에 육박했다. 말이 2천억이지 지금 시대적 가치로 따진다면 어마어마한 금액이었다.

사건의 전말도 밝혀졌지만 아직 조사 결과는 세상에 공개되지 않았다.

그 전말은, 현호가 알아낸 것과 하등 다르지 않았다.

은행 경영진은 분식 회계를 통한 이익 상승, 금융 당국 허위 보고, 그로 인한 거액 배당과 고액 연봉, SPC 설립을 통한 허위 대출, SPC에서는 임원진에게 이자와 자문 수수료를 줬고, 거기에 장선자와 같은 브로커들의 대출 알선으로 발생한 수수료까지.

이미 금진은행은 훗날에 벌어질 저축은행 사태에서 드러난 온갖 행위와 비리에 대한 시스템이 구축된 상태였다.

물론 비리의 선은 금진은행에 국한되지 않는다.

하루 이틀 벌어진 일도 아니고 금융 당국이 정말 몰랐겠는가.

비리를 좋게 포장하면 서로가 원하는 것이 맞아떨어진 이해관계라고 얘기한다.

금진은행 사태는 그런 이해관계가 꽤 많이 얽혀 있는 건이었다.

현호는 입안에 느껴지는 쓴맛을 밀어내며 고개를 들었다.

이른 오후에 카페에서 커피 한 잔을 마시는 거야 좋기는 한데, 이제 성시원 조사관이 혼자 자신을 찾아온 것에 대한 답을 들을 차례였다.

"근데 하실 얘기가 있으신 것 같은데."

"하… 그래."

성시원은 현호가 먼저 묻자 바로 미소와 함께 얘기를 꺼냈다.

"사실 다 함께 오려고 했는데, 내가 제일 시간이 남아서."

성시원은 피식 웃어보였다. 그가 말한 '다 함께'는 장충도와 최 조사관을 뜻하는 것일 터.

"그래, 특무부 업무에 대한 얘기는 지난번에 했는데 어떻게 생각해? 이번 일을 겪으면서 특무부에 대해 다시 생각해 봤을 거 아니야?"

성시원의 질문에 현호는 바로 고개를 끄덕이고 대답했다.

"놀랍습니다. 믿을 수 없을 정도로."

진심으로 하는 얘기였다. 일이 진행되면서 현호는 특무부라는 존재에 대해서 또다시 놀라고 있었다.

놀라움의 핵심은 그 권한과 움직임이었다.

특무부의 움직임에 경찰이 함께하고, 특무부의 조사 뒤에는 검찰로 연계된다.

과거보다 한층 체계화됐고, 강해졌다.

특무부 이전 세무 당국에서 실시하는 세무조사는 서류 조사에 이어진 추징과 과징금을 때리는 게 전부였다. 조사 기간도 일반적으로 보름이 넘었으며, 검찰 고발은 형식적이거나 아예 없는 경우가 부지기수였다.

하지만 특무부는 달랐다.

최 조사관의 작은 아이디어에서 시작한 특무부는 수년 전, 흐지부지하게 사라질 뻔했던 그때와는 확연히 그 위세가 달라졌다.

일반인들은 세무조사만 받아도 겁이 덜컥 난다. 어찌 됐든 돈을 빼앗기는 거니까.

하지만 세금을 피하는 방법은 어느 시대든 존재했다. 만약 그게 안 된다면, 혹은 걸린다면 안 내면 그만이다.

악성 채무자들이 정말 돈이 없어서 못 내겠는가.

재벌이, 정치인이 돈이 없어서 안 내겠는가. 결국은 버티면 되는 것이다.

하지만 특무부는 버티면 빼앗는다. 숨겨놓으면 찾아낸다. 거기에 검찰 고발 및 처벌은 마치 원 플러스 원처럼, 덤으로 따라붙는다.

그 순수한 기능적인 요소만 봤을 때, 대한민국의 어느 누가 비리를 저지를까 싶을 정도였다.

"그래, 놀랍지."

성시원이 현호의 얘기에 동조하듯 고개를 끄덕였지만 얼굴에 서렸던 미소는 가셨다.

"하지만 자네도 알다시피 특무부도 결국은 정부 기관이야."

"예, 그렇죠."

"사실 압박도 많이 들어와. 인원 충원도 쉽지 않고."

"저, 한 가지 묻고 싶은데, 이주헌 청장님은 특무부를 어떻게……."

현호의 질문은 어떻게 이주헌 청장이 특무부를 움직일 힘이 있었냐는 것이었다.

물론 이주헌 청장이 앞으로 정부의 주요 인사가 될 것이라는 사실을 현호는 잘 알고 있었다. 그래서 IMF의 주역이 된다는 것도.

하지만 현재 상황만 두고 봤을 때, 관세청장인 그가 특무부를 움직이고 박한원 의원에게 눈을 부릅뜬다는 게 상식적으로 납득하기에는 어려움이 있었다.

현호는 지금까지 그저 납득하고 지켜만 봤지만, 알아둬서 나쁠 것은 없었다.

"뭐, 자네도 예상은 하겠지만 인맥이지, 뭐."

"인맥이요?"

"영진회라고 있어. 경북 포항, 영일 출신들끼리 뭉치는 거지."

"아⋯⋯."

현호는 그제야 고개를 끄덕였다. 이전 삶에서 정부의 공공기관 인사 문제가 불거졌던 적이 있었다. 그때 거론됐던 이름.

'영진회.'

사실 현호가 찬대미를 만든 것도 그 영진회를 본떴다고 봐야 했다.

영진회의 힘은 거대하다.

상식적으로 일개 개인이라도 정부의 주요 인선에 오르면 일반인들은 쳐다보기도 힘든 위치에 오른다.

그런데 그런 개개인이 뭉쳐 있다면 그건 법보다, 주먹보다 무서운 것이다.

하물며 맞설 생각은 감히 하지도 못할 것이다.

"그래. 그래서 특무부에 오면 뭘 하고 싶어?"

성시원은 눈을 반짝이며 질문했다. 현호는 그 눈을 바라보고 소리 없이 속삭였다.

'특무부를 내 손에 쥐어야죠.'

이는 강남세무서의 비리 라인을 타파한 것과는 비교할 수 없는 일이 될 것이다.

현호는 그때의 일에서 한 가지 배운 게 있었다.

처내면, 새로운 이들이 들어온다. 그걸 막지 못할 바에는 단순히 처내는 것으로 끝내면 안 된다.

현호는 그 한 가지를 상기하며 미소와 함께 입을 열었다.

"뭐, 선배들이 시키는 거 열심히 해야죠."

"아니, 그거야 당연한 거고. 나는 자네의 목표가 궁금해서 그래."

현호는 성시원이 재차 질문을 하자 입가의 미소를 지우고 커피 잔을 손에 쥐었다.

한 모금을 입에 머금으며, 문득 한 가지를 떠올렸다.

'특무부가 청와대도 털 수 있을까?'

그 생각을 떠올리니 절로 피식 웃음이 새어 나왔다.

겨우 새어 나오는 웃음을 참고, 현호가 고개를 들어 성시원을 바라보고 말했다.

"특무부를 대한민국 최고 정부 기관으로 만들겠습니다."

"최고? 하하하!"

성시원이 어깨를 들썩이며 웃었다.

웃음 뒤에 그가 고개를 한 번 흔들고 다시 물었다.

"특무부는 두 개 부서로 나뉘는 거 알고 있지?"

"예."

"조사부하고 징수부야. 어디로 갈 거야? 참고로 우리 셋은 조사부에 있어. 청장님은 자네가 원하는 곳에 넣으라고 하던데, 아주 잘 보였나 봐? 후훗."

특무부는 그 특성상 2개 부서만이 존재했다.

더구나 특무부가 행하는 세무조사의 규모 특성상 굳이 법인, 개인으로 부서를 나눌 필요도 없었다.

"저는 징수과에 가겠습니다."

현호의 말에 성시원이 오른쪽 눈썹을 들어 올렸다.

"징수과? 거기는 힘들 텐데? 은닉 자산을 동결하는 거야, 뭐 서류적인 일이지만 빼앗아 오는 거는 얘기가 달라."

성시원이 생각을 재고하라는 듯 말에 뉘앙스를 풍겼지만 현호는 확고했다.

"그럼 징수과를 거치고, 조사과 가죠, 뭐."

현호는 일단 대답을 그렇게 했다.

"그래, 앞으로 한번 잘해봐."

궁금한 것이 풀렸는지 성시원이 자리에서 일어났다. 그러던 그가 일어나던 중에 현호를 향해 툭 물었다.

"장선자가 자네를 꼭 보고 싶다고 하던데?"

"그래요? 제가 검찰에 들르겠습니다."

어차피 현호는 윤선기 검사를 보기 위해 서울중앙지검에 들러야 했다.

'장선자… 또 무슨 얘기를 하려고.'

현호의 눈에 찜찜함이 물들고 있었다.

*　　　　*　　　　*

"쯧쯧, 나라가 어떻게 되려고."

아침 식사를 하면서 신문을 보던 아버지가 혀를 찼다. 금진은행에 관한 기사가 실린 신문이었다.

"밥 먹는데 신문 좀 그만 봐요."

어머니의 타박에 아버지가 신문을 내려놓았지만 여전히 흥분이 가시지 않은 얼굴이었다.

"현호야."

"예, 아버지."

현호가 수저를 기울이고 아버지를 바라봤다.

"너는 말이다, 철저히 관리 감독해서 이런 일이 없게 만들어야 한다."

"예."

"그만 좀 해요. 현호 출근 시간 늦어요."

"지금 출근이 문제야? 나라가……."

"여보!"

급기야 어머니가 눈을 크게 뜨자 아버지가 서둘러 수저를 들었다.

반면 현호는 수저를 식탁에 내려놓았다.

"전 이만 가볼게요. 아침에 처리할 일이 있어서."

현호가 의자를 밀어내고 일어나자 마침 학교 갈 준비를 끝낸 미숙이가 제 방문을 열고 나왔다. 그녀는 나오자마자 눈을 찌푸렸다.

"왜? 왜 또?"

현호가 넥타이와 서류 가방을 챙기며 이유를 물었다. 그러자 미숙이가 한숨을 내쉬며 속삭였다.

"엄마, 어떻게 하지? 이제 오빠 얼굴 보기만 하면 열 받네."

그 말에 기가 막힌 현호가 아버지를 돌아보고 말했다.

"아버지 어떻게 하죠? 쟤는 봐도 봐도 못생겼네요."

"야!"

화를 씩씩거리는 미숙이를 뒤로하고 현호는 현관문을 열어 서둘러 집을 나섰다.

남매의 투덕거림은 흔한 일상이었다. 그나마 이전 삶과 달리 가정환경이 제대로 뒷받침된 덕에 미숙이의 삶도 이전과는 다른 방향으로 흐르고 있었다.

학교 성적도 좋고, 교우 관계도 나쁘지 않았다.

물론 그 부분에서는 현호가 일조한 부분도 있었다.

흔한 말로 제 오빠가 '넘사벽'이니 그녀도 나름 필사적으로 공부하는 모양이었다. 거기에 더해 잘난 오빠를 둔 덕에 학교 생활도 편해서 여러모로 현호의 덕을 보고 있었다.

미숙이가 이대로만 쭉 성장한다면 현호도 이번 삶에서는 여동생을 제대로 챙겨줄 수 있을 것 같았다.

다만, 요즘에는 밤마다 송승국 좀 데려오라고 난리를 치는 통에 미숙이를 피해 다니는 형편이었다.

또르르.

버스에 오른 현호가 요금함에 토큰을 넣고 빈자리를 찾았
다.

자리에 앉자마자 라디오 방송이 귀에 들어왔다.

—특무부와 검찰의 금진은행 조사가 열흘째 이어지는 가운
데, 야당은 관계 기관의 철저한 조사를 당부하는 한편, 정부에
부실 은행 전수조사를 실시할 것을 요구하는 목소리를 높이고
있습니다. 하지만 여당은 은행 전수조사가 자칫 경제 성장을 저
해할 수 있으며, 역사상 전례가 없다며 야당의 요구가 지나치다
고 난색을 표하고 있습니다.

'크게 달라지는 건 없구나.'

처음 특무부가 금진은행을 걸고 넘어가기로 결정했을 때,
현호는 역사의 흐름이 분명 달라질 것이라고 내다봤다. 하지
만 아직까지는 크게 달라지는 게 없어 보였다.

드르륵, 하는 소리와 함께 강남세무서 앞에 버스가 도착했다.

현호는 입구에서부터 마주친 세무서 직원들을 향해 인사
를 하며 법인세과로 향했다.

마영환의 자리는 여전히 비어 있었다.

"하……."

현호는 책상 옆에 가방을 내려놓고 앉았다. 어제까지만 해

도 책상에 쌓여 있던 서류들이 말끔히 정리가 돼 있었다.

'오늘까지인가.'

어제, 현호의 특무부 인사이동 소식이 법인세과에도 내려왔다.

그러자 법인세과 총괄 팀장이 처음으로 현호를 찾아왔다.

이전의 봉준석처럼 현호를 피해왔던 그가 갑자기 나타나 앞으로 어려운 게 있으면 언제든 얘기하라는 말을 했다.

'특무부 기세가 대단하긴 하네.'

현호는 어제의 일을 머리에서 지우고 자리에서 일어났다.

복도에 있는 커피 자판기로 향하던 그가 습관적으로 주머니에 손을 넣었다.

하지만 곧 담배가 없음을 깨닫자 피식 웃음이 새어 나왔다.

딱히 담배를 끊을 생각은 아니었다. 그저 담배 연기를 내쉴 때마다 이전 삶에서의 갑갑했던 하루하루가 떠올라서 내키지 않을 뿐이었다.

"현호야."

커피를 뽑는데 뒤에서 봉준석의 목소리가 들렸다.

그가 다가오자 현호는 주머니에서 또 동전을 꺼내 커피 자판기에 밀어 넣었다.

"땡큐."

"선배, 그동안 고마웠습니다."

커피를 건네며 현호가 미소를 보이자 봉준석이 멋쩍은 웃음을 보였다.

"고맙긴, 내가 미안하지."

봉준석은 커피를 한 모금 마시고, 뜨거운 입김을 내쉬며 현호를 바라봤다.

"아무리 특무부라도 뭘 이렇게 갑작스럽게 인사이동을 하는 거야? 너 법인세과 온 지 얼마나 됐다고."

"그러게요."

"넌 뭐 알고 있었어?"

봉준석이 툭 물었다.

물론 현호가 그동안 해온 일을 그는 모르고 있었다. 결코 상상도 하지 못할 것이다. 짧은 시간이었지만 정신없이 사건들이 펼쳐졌었다.

"알기는요."

현호는 시치미를 뚝 뗐다.

처음 현호로서도 특무부행은 전혀 고려치 않았던 만큼, 계획에 없던 이번 일을 제대로 마무리 지을 수 있을 거라고는 확신할 수 없었다.

나름 밀고 나갔지만, 언제든 브레이크는 걸릴 수 있었다.

그렇지만 결국은 해냈다.

혼자 힘만으로 이룬 것은 아니지만 결국 특무부 입성을 이뤄냈다.

수확은 그뿐만이 아니었다.

현호는 이번 일을 통해 소위 대한민국의 지배 계층이라 불리는 이들의 단면을 볼 수 있었다.

그가 이전 삶에서 여러 계층의 사람을 만나고, 세무 일을 통해 다양한 사회 경험을 했다지만, 실질적으로 이렇게까지 그들 삶을 낱낱이 들여다볼 수 있는 기회는 없었다.

"어쩌냐, 아쉽다."

봉준석이 현호와의 이별을 못내 아쉬워했다.

그가 현호에게 도움을 받은 부분도 있지만, 현호가 그에게 해코지를 한 것도 없거니와 오히려 곁에 두고 있으면 상대를 높여줄 인재였다.

"또 보면 되죠."

현호는 아쉬워하는 봉준석을 미소로 달래고 법인세과로 향했다.

그때 등 뒤에서 현호를 부르는 목소리가 들렸다.

"차 조사관!"

세무서장이었다. 그는 낯선 남자와 함께 있었다. 헤어스타일이 간결하고 옷차림이 말쑥한 남자였다.

"특무부 면접 때문에 오신 분이야."

세무서장이 남자를 가리켜 말했다. 현호는 그제야 고개를 끄덕였다.

특무부 인사이동은 이미 확정이 된 상황이니, 형식적인 재정경제원 고위 간부와의 면접이었다.

"그럼 좀 걸을까요?"

남자는 먼저 세무서장에게 양해를 구하고 현호에게 단둘이 걷기를 청했다.

현호는 일단 사무실에서 코트를 챙겨 나와 남자를 뒤따랐다. 남자가 앞만 보고 걸었기에 제대로 얼굴을 마주할 수는 없었다.

"아버님은 무슨 일을 하십니까?"

강남세무서 정문을 빠져나오며, 남자가 현호를 향해 물었다.

"건설업을 하고 계십니다."

질문은 계속 이어졌다.

남자는 현호의 형제 관계나 교우 관계 등, 그밖에도 여러 일상적인 부분을 물었다.

현호는 계속 대답하며 남자의 얼굴을 정면으로 바라보려 했지만 남자는 빳빳이 고개를 들고 앞만 바라보며 걸었다.

두 사람의 걸음은 세무서 인근의 근린공원으로 향했다.

"특무부에 들어가면 어디에 배정되고 싶습니까?"

"이미 징수과에 배정된 걸로 알고 있습니다."

이주헌 청장은 현호가 원하는 대로 특무부 징수과에 자리를 마련해줬다.

단, 현호의 정식 근무 시기는 겨울이 지나 봄이 끝날 무렵인 5월 중순이었다.

이상한 일이었지만 이주헌 청장이 그렇게 하라고 했다.

사실 현호 역시도 휴가를 낼 생각을 하고 있었기 때문에 딱히 이유를 묻지는 않았다.

공원 입구를 지나며 남자가 천천히 걸음을 늦추고 현호를 바라봤다. 이때 현호는 미간을 찌푸려 남자의 모든 것을 눈에 담을 수 있었다.

남자는 조용하지만 어느 순간에 넘실거릴지 모르는 파도 같았다.

게다가 다부진 사각의 얼굴형뿐 아니라 유난히 얇은 입매는 상대에게 위압감을 주는 인상이었다.

"이렇게 마주 보니 보고받은 것보다 더 어려보이는 군요."

남자의 말에 현호는 순간 이마를 찌푸렸다.

'보고?'

딱히 어긋난 단어는 아니었지만 현호는 그 단어에서 이상한 부조화를 느꼈다.

일반적인 보고는 크고 작은 업무를 처리하는 동안 발생하는 과정일 뿐이다. 그 과정에서 긴장이나 트러블이 있을지는 모르겠지만, 대부분의 직장인에게는 일상일 뿐이다.

한데 남자가 언급한 보고라는 단어에서는 그런 일상적인 감정이 아닌 매우 엄중하고, 뚜렷한 권위 의식이 느껴졌다.

"아, 내 소개가 늦었네요."

남자가 양복 웃옷 안주머니에서 지갑을 꺼냈다. 그 안에서 명함을 꺼내 현호에게 내밀었다.

'흡!'

현호는 명함을 보는 순간, 일순 숨을 들이켰다.

'청와대?'

특무부 인사는 재정경제원에서 관리한다. 그런데 왜.

"청와대에서… 왜 저를……."

현호가 말꼬리를 흐리며 묻자 남자가 미소와 함께 답했다.

"계속 걸을까요?"

다시 걸음을 재촉하는 남자를 따라 현호 역시 공원을 걷기 시작했다. 앞서가던 남자가 말했다.

"알고 있겠지만 이번 금진은행 건은 이쯤에서 끝낼 겁니다."

"그런가요?"

남자의 말이 그 어떤 재고도 있을 수 없다고 못을 박는 것 같았기에 현호는 일부러 대수롭지 않은 반응을 보였다.

하지만 남자는 그다지 신경 쓰지 않는 것 같았다.

"세무대학 출신이면 앞으로 특무부에서도 승승장구할 터인데, 후에 하고 싶은 게 있습니까?"

"아직은 생각한 게 없습니다."

현호는 쉽게 생각을 드러내지 않았다.

그렇다고 현재의 일에 집중한다는, 의미 없는 대답도 하지 않았다.

'아직'이라는 단어로 의중을 반쯤만 보인 것이다.

"그렇군요. 내심 궁금하네요. 차현호 씨가 앞으로 어떻게 될지."

남자는 꼬박꼬박 경어를 썼지만 그 말투가 상대를 배려하거나 존경하는 것은 아니었다. 그저 습관적인 것 같았다.

마치 오늘 아침 현호가 습관적으로 주머니의 담배를 찾았듯이 말이다.

'청와대에서 설마 나를⋯⋯.'

현호의 머릿속에서 생각과 고민이 이어졌다.

가장 큰 생각은.

'너무 눈에 띄게 행동했나?'

누군가의 눈을 거슬리게 했는지도 모른다. 혹은 누군가에게는 경계의 대상이 됐는지도 모른다.

이는 현호가 대학을 졸업한 순간부터 가장 조심했던 부분이었다.

홀로 우뚝 서기 전까지는 최대한 자신이 드러나는 행동은 자제하려 했었다.

생각 끝에 현호가 걸음을 멈췄다. 그러자 남자는 내밀려던 발걸음을 멈추고 현호를 돌아봤다.

"이유를 말씀해 주십시오. 왜 청와대에서 저를 찾아온 겁니까?"

그제야 남자는 가벼운 미소를 보이고 눈꺼풀을 천천히 감

앉았다가 떴다. 현호는 그의 검은 눈동자에 비친 자신의 모습에 눈을 찌푸렸다.

"머지않아 차현호 씨를 찾을 겁니다."

"찾는다고요? 누가……."

질문을 마치지 못하고 현호는 입술을 다물었다. 청와대에서 자신을 찾을 사람이 누구겠는가.

"오늘은 여기까지만 얘기하겠습니다. 그 시기가 언제인지도 말씀드리기 곤란합니다. 하지만 그때 가서 차현호 씨가 큰일을 하게 될 거라고 말씀드릴 수 있습니다."

남자는 얘기를 끝내고 잠시 현호를 바라본 채로 침묵했다.

"알겠습니다."

현호의 말에 남자의 얼굴이 미묘하게 꿈틀거렸다.

"궁금한 것은 없습니까?"

"없습니다."

"의연하네요."

"그런가요?"

아직 일어나지도 않은 일을 미연에 걱정할 필요는 없었다.

'청와대'라는 단어가 현호의 귀에 들어가게 된 건 애초부터 정해진 계획의 일부분이었다.

단지 그 시기가 문제였을 뿐.

그러니 생각과 달리 그 시기가 이르긴 해도, 두려움에 떨 일도 아니고 놀랄 일도 아니었다.

"더 하실 얘기는 없으신 건가요?"

현호가 조심스럽게 묻자 남자는 고개를 끄덕였다.

"이만 가셔도 좋습니다. 만나서 반가웠습니다."

"예, 그럼 이만 가보겠습니다."

현호는 바로 뒤돌아섰다.

걸음을 서둘러 남자에게서 빠르게 멀어졌다. 지금 머릿속에 드는 생각은 하나였다.

'더럽게 거슬리네.'

또박또박 이어지는 남자의 경어가 내내 신경에 거슬렸었다.

'기분 나쁜 새끼.'

현호는 치솟는 불쾌감을 달래려 넥타이를 풀어 내리고 공원을 빠져나왔다.

하지만 조금 걷다가 문득 걸음을 멈췄다.

엊그제 그는 장선자를 만나러 검찰에 다녀왔었다.

장선자는 강도 높은 조사로 인해서 많이 여윈 모습이었다.

그녀는 조사실에 들어 선 현호를 보자마자 부탁해 왔다.

"그 자료, 현호 씨가 가지고 있지?"

현호는 대답하지 않았다. 그저 그녀를 바라보면서, 몇 년 사이에 어떻게 사람이 이렇게까지 바뀔 수 있었는지 생각했을 뿐이었다.

"박 의원 손녀, 어떻게 하려던 생각 없었어. 그저 잠깐만 데리고 있으려고 했을 뿐이야. 그러니까 제발 그 자료……."

"그 자료로 뭘 하려고요?"

침묵을 지키다가 현호는 물었다. 그러자 장선자의 얼굴색이 살짝 밝아졌다.

"그렇지? 현호 씨가 가지고 있었지? 그거… 이주헌 청장에게 줘. 현호 씨가 이주헌 청장 사람이라며?"

"지금 이주헌 청장하고 거래를 하겠다는 겁니까?"

"그래. 그 자료가 금진은행 박한수, 박한원 의원 목숨 줄이야. 이주헌 청장이 그 목숨 줄을 손에 쥘 수 있다고."

장선자는 벼랑의 끝에서 떨어지지 않기 위해 안간힘을 쓰고 있었다.

"제발, 우리 인연 이렇게 끝날 거 아니잖아? 옛정. 그래, 옛정! 현호 씨, 옛정을 생각해서……."

순간 현호가 그녀를 향해 얼굴을 가까이 댔다. 그러고는 천천히 좀 더 다가가며 물었다.

"제가 왜 그래야 되죠?"

"뭐? 그, 그거야……."

"미안하지만 못 도와주겠네요. 당신이 죽든 말든 나랑은 아무 상관도 없는 일이거든요."

그 말에 장선자가 눈을 부릅떴다. 그녀의 눈에는 지옥이 담겨 있었다.

"차현호!!"

현호는 장선자의 절규를 떠올리며 다시 걸음을 내디뎠다.

하지만 또 걸음을 멈췄다.

위이이이!

사이렌 소리와 함께 공원이 위치한 방향에서부터 고급 세단이 줄지어 현호 앞을 지나갔다. 여러 대의 싸이카와 함께였다.

'청와대?'

현호는 누가 타고 있을지 모를 차들이 시야에서 사라질 때까지 그 자리에서 미동조차 하지 않았다.

『세무사 차현호』 5권에 계속…

초대형 24시 만화방

신간 100%, 샤워실, 흡연실, 수면실(침대석), 커플석, 세탁기 완비

■ 강북 노원역점 ■

서울 노원구 상계동 340-6 노원역 1번 출구 앞 3층
02) 951-8324 (화용빌딩 3층)

■ 일산 정발산역점 ■

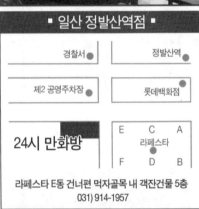

라페스타 E동 건너편 먹자골목 내 객잔건물 5층
031) 914-1957

■ 일산 화정역점 ■

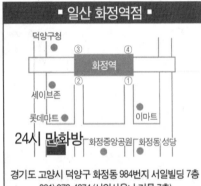

경기도 고양시 덕양구 화정동 984번지 서일빌딩 7층
031) 979-4874 (서일사우나 건물 7층)

■ 부천 역곡역점 ■

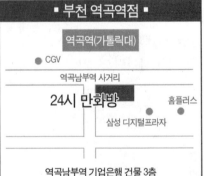

역곡남부역 기업은행 건물 3층
032) 665-5525

■ 부평역점 ■

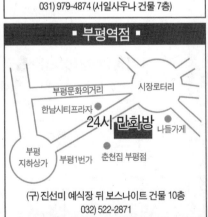

(구) 진선미 예식장 뒤 보스나이트 건물 10층
032) 522-2871

이계진입 리로디드

임경배 퓨전 판타지 소설

FUSION FANTASTIC STORY

『권왕전생』임경배의 2015년 신작!

『이계진입 리로디드』

왕의 심장이 불타 사라질 때,
현세의 운명을 초월한 존재가 이 땅에 강림하리라!

폭군으로부터 이세계를 구원한 지구인 소년 성시한.
부와 명예, 아름다운 연인…
해피엔딩으로 이야기는 끝인 줄 알았건만
그 대가는 지구로의 무참한 추방이었다.
그리고 10년 후……

"내가 돌아왔다! 이 개자식들아!"

한 번 세상을 구한 영웅의 이계 '재'진입 이야기!

Book Publishing CHUNGEORAM

유행이 아닌 자유추구 -
WWW. chungeoram.com

paráclito

빠라끌리또

FUSION FANTASTIC STORY

가프 장편소설

막장 비리 검사가
최고의 검사로 거듭나기까지!
그에겐 비밀스러운 친구가 있었다.

『빠라끌리또』

운명의 동반자가 된 '빠라끌리또'가 던진 한마디.

-밍글라바(안녕하세요)!

그 한마디는 막장 비리 검사, 송승우의
모든 것을 통째로 리뉴얼시켜 버렸다.

빠라끌리또=Helper, 협력자, 성령.

Book Publishing CHUNGEORAM

유행이 아닌 자유추구-
WWW.chungeoram.com